新潮文庫

突然、妻が倒れたら

松本方哉著

新潮社版

9417

この本を初めて手に取られる方と、
単行本をすでに読んでくださった方へ

単行本として二〇〇九年秋に新潮社から出版した『突然、妻が倒れたら』の文庫化のお話をいただいてから、私は、小さな家族の戦いの日々を、単行本に記した以降の日々の戦いを含めて、見出しにある二つの立場の方々を踏まえて、どう文庫本としてまとめるか悩んできた。

最初にお断りすると、実は、この文庫の原稿は二バージョン目なのである。当初は、単行本に書いた以降の、妻と息子と私が直面した厳しく苦しい日々、生と死の境を歩むような日々を詳細に書き連ねてみたのだが、半分ほど書いたところですでにこの本の半分を超える分量になってしまった。また、書けば書くほど、重苦しい気持ちでいっぱいになり、筆が重くなっていった。そもそも、私は長いジャーナリスト生活の中で、市販のスケッチブックを記者ノート代わりにメモを取る癖があるのだが、妻が二度目の大病の治療を経る中で、そのメモが、ある時点で一字も書けなくなる状況に直面した。

旧ソビエトの戦艦の取材中に乗っていた航空機が墜落しかけたり、パナマで銃を手にした兵士たちに宿泊先のホテルに缶詰めにされたり、メキシコやサンフランシスコの大地震の現場で運転手を乗せたままぺしゃんこにつぶれた車や、亀裂《きれつ》だらけの建物をバックにリポートをしたこともある。職業的には、何を見ても動じないはずの私だが、目にし耳にする現実の恐ろしさに、メモを取る手が恐怖感から動かなくなった。まったく一字も書けなくなった。

当時の状況をつづった重苦しい思いが渦巻くその原稿を、新潮社で単行本を出す際にお世話になった編集者の笠井さんに読んでいただいた。笠井さんは「胸が突かれるような思いがあふれていますが、この生々しい気持ちがほとばしる原稿を読者に理解してもらうには、この数倍の分量の説明が必要です」と言われた。私が味わった「恐怖の思い」を、そのまま読者が直《じか》に受け止めるのは難しいだろう、と編集のプロの笠井さんが考えたのも当然のことと思った。

そこで私は、もう一度、白紙の原稿用紙の前に座り直し、じっくりと考え直して、ひとつの結論に至った。この本には、静かな前書きと、それから一章分ぐらいの後日談をつけるにとどめよう、と。

この本の趣旨は、「妻」という司令塔が倒れた家庭はどんなことに直面するのかを描き出して多くの方のお役に立てられればという思いがあるのと、また、いまも後遺症を含めて負った病と戦い続ける妻を支える名刺代わりとなってくれれば、という思いを形にしたところにあるからだ。

まずは、妻が倒れたその日の話から話を始めよう。すでに単行本を読まれた方にも、新しい発見があるように、書き改めた部分もあるが、いまだに書けない事実もあることは断っておきたい。

解説的に言えば、二〇五〇年代には六五歳以上と六五歳未満の国民がほぼ同数になるという超高齢社会を迎える予定だ。「在宅」で「介護保険」と「医療保険」の両制度を駆使し、「平穏な日常生活」を取り戻すために、知恵と努力で日々の難題や恐怖に立ち向かっていくわが家の危機は、その先取りをしていると思うことも多い。多くの方が、同じような人生の危機を乗り越えねばならなくなった時に、本書がそれを救う有効な手助けとなることを祈りながら、突然、妻が倒れた話を始めたいと思う。

目次

突然、妻が倒れたら

新婚時代の妻とチャッピー
(ワシントンDC、ポトマック川にて)
(収録した写真はすべて著者の提供による)

まえがき

人生は、けっして後戻りのできない長い一本道を、ただひたすら歩き続けるしかないのだと、最近強く思うようになった。

いずれ、だれもが道の終りに行きつくことになる。長い道のことも短い道のこともあろうが、だれにも道は一本しかない。ひとりに一本と割り当てられた道は、他のたくさんの人々の一本の道と交差しながらも、なお、その人だけの一本道となって続いていく。

ある日、私の一本の道は、突然、絶壁につきあたり、なんとしても、その絶壁を乗り越えなければ、道の続きを歩くことはできなくなった。

それが、妻のくも膜下出血の発症だった。

妻は、発病時四六歳。平均寿命八〇歳代の今日では、まだまだ若いうちに入るだろう。五一歳の夫や、一〇歳の息子の毎日に、あれこれと心を配りながら生きてきた妻だった。

妻と息子と歩いてきた私の道が、これまでも平坦《へいたん》であったとはいえなかった。ただ、それでも自分の道を黙々と歩きながら、五〇の声を聞き、さて、これからは歩みを少しは緩めて、心豊かに生きていきたいなあ、と思ったその時に、私と家族の道は、突然、絶壁に突き当たったのだ。

妻がくも膜下出血に倒れた後、私は仕事を、子どもは学校を休まざるを得なくなった。日常生活は、あっという間に崩壊した。その後の毎日は、まさにジェットコースターに乗ったように、奈落《ならく》の底に突き落とされては、這《は》い上がる日々を繰り返した。私は、くるくると変化する事態に、連日翻弄《ほんろう》された。私たち家族は、まさに手探りで、この人生の難所に挑むしかなかった。

今回縁あって、私は、この本を書くことができた。自分の覚え書きをもとに、妻が倒れてから、救急車で運び込まれた〝急性期病院〟と、本格的なリハビリ治療を行なうために入院した〝回復期病院〟を経て、これまでのことを手記にまとめた。

この本を書いたのには、いくつか理由がある。ひとつは、私が絶壁にぶちあたった際に、役立つ本が見つけられなかったからだ。私は幾晩も、天井を見上げながら、眠れない夜を過ごした。自分がいま、何をしているのか、これから何に出会うのか、分からない恐怖を味わう夜だった。

妻と同じような病にいま直面しているか、これからこうした病に出会う可能性があるかもしれない人々や家族を念頭において、日々戦う上でのヒントになるような本が書けないだろうかと考えたものが、こうした形にまとまった。

さらにもうひとつ理由がある。妻が倒れてから後の、自分のしてきたこと、見てきたことを振り返って、これからの生き方の戦略を練り直せればと考えたのだ。わずか数年前には想像もしていなかった道を、今後も一歩一歩、手探りで歩かなければならない中で、常に原点に返る、いわば自分の人生の「手引き」書が欲しかったのだ。

私という弱い人間は、社会の荒波にもまれるうちに、妻のいまの苦しみに寄り添うことを忘れてしまうかもしれない。そうならないための誓いの書にもしたかった。

そして、もうひとつ理由がある。妻は、大事にしてきた人生の多くのことを、病を経て一度に失ってしまった。いま新たな人生を歩いているが、これからも多くの人々の助けが必要だ。その妻の新しい人生の名刺代わりになったらうれしいな、と思ったのである。

記録としての正確さを重んじて書いた本だが、同時に、起きたすべてを書き記したわけではないことも断っておきたい。妻自身や周囲のプライバシーを尊重して、病状や病態について伏せることにした部分もある。この本は医学書ではないからだ。発病ののち、妻を看病していく中で、私が感じた怒りや絶望、湧《わ》いた疑問、元気をもらったことなどを記すことで、少しでも、同じような事態に直面している人々の役に立つことを目指した。妻も、こうした趣旨には賛同してくれている。

この本が書き上がったからといって、私たちの病気との戦いが終わったわけではない。妻は重篤《じゅうとく》なくも膜下出血を発症し、その後、それを上回る重い病となった。いまもなお複数の病院で経過を診たりケアを受ける妻と、それを支える息子と私の生活は、周囲の暖かい心に守られながら、どうにかこうにか続いている。

妻がこの先、どう回復し、どう自らを取り戻すのか。息子と私は、それをじっくりと見極めながら、妻にあわせる形で、今後も多くの人生の選択をして道を歩んでいくと思う。この本は、その最初の一歩なのだ。

ロングブーツが好きで、小学生の息子にはやや高齢のお母さんであることを気にして、いつも意識的に若く明るく元気に走り回っていた妻が、いまは、転ばないようにゆっくりと、あまり認識することのできない左空間へ注意を払いながら一歩ずつ歩いている。

入院を経て帰宅した妻が、ある日、ブーツ姿の女性が車椅子《いす》に乗った自分を追い抜いていくのを見ながら、「素敵なブーツね。もう私には無理だなあ」とつぶやいたのには、ぐっと胸が詰まる思いがした。

私は、ついつい妻に「頑張れ」と声をかけてしまうが、必死に歩く妻の姿は、人にばかり「頑張れ」と言う無責任な人間にはなるな、と私を無言で諭しているように思われる。家族を守るためには、私もさらに気を張って頑張らねばならない。いま、そんな気持ちでいっぱいである。

第一章　わが家を襲った「テロ」

一　発病

あの夕方に起こった一連の出来事を、私は、生涯忘れることはないだろう。そして、あの夕方を思い出すたびに、あの日を境に、それまでとはまったく違った人生を歩み出した事実をじっと噛《か》みしめ、運命の暴力的ともいえる大きな力を感じるばかりである。

テレビ報道の記者やディレクターとして、四半世紀余りも生きる中で、私は、世界各地でいろいろな人生を目にしてきた。

アメリカ・ニューヨークの街角の雑踏の中にも、インドのガンジス河の川べりの埃《ほこり》っぽい町中にも、ハンガリーのブダペストの町の古色蒼然《そうぜん》としたたたずまいの中にも、人々の生活があった。私は、数多くの土地に足を踏み入れながら、どの町に生きようと、人の営みの基本はそう大きくは変わらないと知った。

人は、自らの人生をまっすぐに生きていくしかない。二度とやり直しはきかない。運命に翻弄《ほんろう》されながらも、後戻りはできない。力尽きる時まで、ひたすら歩き続けるしかない。

それが分かっていながら、なおも、後戻りをしたいようなできごとが起きる。自分の無力さを思い知らされる。私に起きたのは、まさに、そんなできごとであった。

二〇〇七年、一一月二二日の夕刻、私たち一家の人生は、突如、その「運命の一撃」を受けることとなった。

その日私は、出社を前にして、自宅二階で当夜の番組の下準備をしていた。

思えば、この二〇〇七年、わが家には悪魔に魅入られたように苦しい出来事が立て続けに起きていた。

この年の初めには、妻の父親が亡《な》くなり、夏の参議院選挙投票日当日には、妻のかわいがっていた愛犬のシェリーが自宅内で椅子《いす》の上から落ちたショックで死んでしまうという悲劇にも見舞われていた。二つの死を前にして、妻は泣き暮す日も多かった。いま思えば、妻にはこの頃、はかり知れない大きなストレスがかかっていたのだろう。

私の方は、義父の死の当日から原因のよく分からない強烈なめまいに悩まされるようになっていた。その後、半年ほど経《た》って、めまいは後頭部のにぶい頭痛に姿を変え、さらに数ヶ月、私を苦しめ続けていた。町医者から大学病院まで、通った医者は、いずれも過労やストレスのためだろうという見立てだったが、ストレスを減らす有効な手立てもなく、薬も一向に効かなかった。

その日は特に朝から頭痛がひどく、家の仕事部屋で、アンカーをつとめてきた番組、「ニュースＪＡＰＡＮ」の最終コーナーの原稿を書きあぐねていた。何をネタにするかを、社内の番組ＰＤ（プログラム・ディレクター）とメールのやりとりで細かく相談しながら、あと二日で土日の休みに入るから、そこでとりあえず一息入れて、気持ちをリセットして態勢を立て直そうなどと考え、普段より時間をかけて出社準備を整えていた。

仕事部屋には、家族のベッドが置かれていた。

妻が、ふらふらとその部屋に入ってきた時、私はまだ、長く続く事になる苦悩の日々の、スタートラインに立っていることに気づいていなかった。

妻はベッドに向かってよろよろとした足どりで歩きながら、机に向かう私に「私、首の後ろが痛いから眠る」と声をかけた。

いや、私の耳には、正確には「ワラヒクビノウヒロガイライカラネムル」と聞こえたのだ。なにか、違和感のある、ぞくっとするような感情で私の胸はうずいた。

見ると、妻は顔を少ししかめ、暗い表情でくたくたとベッドに倒れ込んでいく。どこか、何かおかしい。それから時を置かずに、首の後ろが猛烈に痛いと訴え始めた妻に、私は「大丈夫かい？」と声をかけながら、すでに携帯で救急に電話をかけ始めていた。

救急車が到着するまで、私は人生でもっとも長い十数分を味わったが、この時の気持ちや、起きていたあれこれを書けるほど冷静には、いまもなれない。

ただ、私は、友人の医師や、近所のかかりつけの医師にも次々と電話をした。二人は取り乱している私に対して「救急隊員に全《すべ》てを任せるように」と指示し、かかりつけの医師はひとこと、「くも膜下だとしたら、やっかいですね」とつけ加えた。

じりじりとしながら待つ中、ようやく救急車が到着した。救急隊員らが担架を抱えて二階に駆け上がってきた。直ちに妻を救急搬送する決定がなされる。妻を乗せた担架が慎重に階段を下ろされ、自宅前の救急車に運び込まれた。周囲の家の人々の驚いたような顔がいくつも見えた。

「どうしたんですか」

「妻が、妻が倒れたんです」

「ええっ……」

私は、身の回りの品をあわただしく詰め込んだ鞄《かばん》を持って救急車に乗り込んだ。

ところが、どうしたことか、車は、わが家の前からなかなか走り出そうとしない。

行き先が決まらないのだ。

病院が患者の受け入れを拒む、そういう状況があることを、私は自分の番組の中でも何度か放送してはいたが、妻と私自身が、その対象になろうとはよもや考えてもいなかった。

その「よもや」が現実となっていった。

T医大「受け入れられない」H病院「ベッドが空いていない」S医大「無理だといっている」「E病院は？」「司令センターの方に駄目だと回答している」。

妻が苦しむ様子を前に、次々と返ってくる「受け入れ拒否」の連絡。私は、救急車の中で「なぜ、どこも受け入れてくれないのですか」と叫んでいた。

あの夜、妻の受け入れを拒んだT医大、H病院、S医大、E病院など六つの病院が当夜どういう状況にあったのかを、私は詳しく知りたい。

それぞれの病院の院長に尋ねたいとも思う。「なぜ、あなた方とあなた方のご大層な病院は私の妻を拒んだのか？」と。

病床の不足や医師の過労働、いろいろな理由はあるだろう。だが、あの時胸の内にふつふつと煮えたぎった怒りや、深くて暗い絶望の気持ちを、これからも多くの人々が経験することを考えたら、こうした状況をこのまま放っておいてはいけないと思う。

あれから私は、街中で救急車が走っているのを見ると、心の中で「頑張れ頑張れ」と声援を送ってしまう。そして目が潤《うる》んでしまう。頑張れよ、助かれよ。死ぬな。何とか病院へたどり着け。

ようやく受け入れてくれた病院は、私にはまったくなじみのない名前だった。

「碑文谷《ひもんや》病院が受け入れると言っています」

碑文谷が目黒のどこかにある地名だとは分かっていたが、どこにあるかは、思い出せなかった。

「とにかく向かってください」

救急車が動き出したのは、妻を乗せてからゆうに一四、五分は過ぎてからだったと思う。

そこから病院までの道のりもまた、はるかに遠かった。

救急車は、この状況が永遠に続くかと思えるほど、すっかり日の落ちた環状七号線を、ただひた走っていた。

木曜日の夕刻だった。道は混んでいて、救急車は、車と車の間をぬうように走る。「われ関せず」とばかりに、行く手をふさいで動こうとしない車もいる。そのたびに救急車は、そうした車を迂回《うかい》しようと速度を大きく落とす。まるで障害物競走でもしているようだ。救急車の窓を開けて怒鳴りつけたくなってくる。「どいてくれ。人間の命をなんだと思っているんだ」。

妻は、ストレッチャーの上で、さかんに右手を振り回してうめいている。私は、緊張で頭がくらくらする。いても立ってもいられない。

救急隊員の一人が、私の極度の緊張ぶりを見かねてか「ほら少し奥さんの手が温かくなってきたでしょう」と私にささやいた。一瞬、何かほっとしたような気持ちになったが、後になって良く考えると、だからなんだということではなく、私を落ち着かせるために、そんなことを言ったようだった。

妻を乗せた救急車は、悪夢のような長い時間を経て、ようやく碑文谷病院前でサイレンを止めた。

救急隊員は、すぐにストレッチャーを救急車から出し、病院一階の救急処置室に運び込んだ。私はどうしていいか分からず、処置室の前でしばらくうろうろしていたが、ナースから「外へ出ていてください」と追い出されてしまった。

ここから先、長い一夜が始まった。

私は、援軍を求めて、主だった親戚《しんせき》に電話した。また、会社にも電話をかけて当夜の番組を休みたいと伝えた。電話を切ると、番組のことは頭から吹っ飛んでいった。

電話を受けて、私や妻の親族が病院へ駆けつけてきた。

ここまで触れずにいたが、私たちの小学五年生になる息子も、妻が倒れたときには自宅におり、私とともに自宅から妻に付き添っていた。

子どもにとって、この事態がどれほど過酷なものかはいうまでもないだろう。

息子は妻が倒れるのを見、救急隊員たちが担架に妻を乗せて家の中を二階から一階へ降りていく様子を見、救急車で運ばれる妻に私と共に連れ添って来たのだ。

しかし、このときはもちろん、このあと続く危機的な日々も、息子は私より勇敢に、そして落ち着いて乗り越えていった。冷静だった。明るくもあった。そのことには、あとで触れよう。

しばらくして、病院へ駆けこんできた痩《や》せて背の高い男性が、待合室の前にいた私たちに視線をちらりと投げると、階段を駆け上がっていった。後で分かったことだが、碑文谷病院の院長である奈良《なら》医師だった。すぐに降りてくると、私たちを診察室へ招き入れて、妻の状況を説明した。

「奥さまは、最重症に分類されるくも膜下出血で、重篤《じゅうとく》な状態です。CTを撮りましたが、脳の中は非常に強くはれています。出血源を見つけられるか、血管造影をやってみたいと思います」

私は、倒れる前の妻の日常の様子を説明し、「どうか助けてやってください」と何度も頭を下げた。奈良医師は、私が震える手でサインした承諾書を受け取ると、再び階段を駆け上がっていく。

ナースや他の医師も次々駆けつけてくる。何人もの人間が、病院の中から次々と湧《わ》き出してくるような不思議な感覚だったが、倒れたばかりの急性期の患者を扱うこの病院にとっては、日々繰り返される緊急時の迅速な対応に過ぎないことを後に知った。

妻が運び込まれたこの病院のどこに手術室があるのか、いま何が起きているのか、一切分からなかった。

重苦しい時間が経ち、再び階下に駆け降りてきた医師は、診察室内に再び私たちを集めると、CT写真などを見せながら、緊張した表情でこう告げた。

「出血源が幸いにも写りました。奥さまは、右の中大脳動脈瘤《どうみゃくりゅう》が破裂したくも膜下出血で、大きな血腫《けっしゅ》もでき、命が危ない状況です」

私は、医師の宣告に頭がくらくらする思いがして、「横になって良いですか」と尋ねると、診察室の中のベッドにくたくたと横になった。心臓が早鐘を打つ中で、医師は「救命のための手術をしたい」と了承を求めた。

手術は、妻の身体《からだ》に負担が少ないように、足の血管から入れる細いカテーテルを頭の中までのばして、破裂した動脈瘤をコイルでふさぐ方法を取るという。手術中に死亡したり、手術しても植物状態か、寝たきりになる可能性も大きいが、手術をせねば、命を救うことは不可能である。術中にもリスクがあり、命がけの手術となる、という話だった。

私には、妻を救うためには手術を受ける選択肢しか残されていなかった。

「ぜひ、なんとか妻の命を救ってやってください」

と、うわごとのように繰り返した。

その際、奈良医師は「私にも小学五年生の子どもがいます。お子様のためにも、自分の家族として、手術させて貰《もら》います」ときっぱりと言った。私は涙が浮かぶのを感じながら、奈良医師の言葉に「助かるかも知れない」という思いを持った。いや、助けてやるんだ。かならず助けてやるんだ。

「夜明けまでかかると思います」との言葉を残して、手術室へ消えた奈良医師を見送った私は、気がつくと、ひとつの包みを胸に抱えていた。

緊急処置を施すため、入院時に着ていた服などを仕方なくハサミで切断しました、とナースが買い物用の半透明のビニール袋に入れて渡してくれたものだった。私は、妻のぬくもりがあるその袋をその夜、胸の中にしっかりと抱きかかえながら、「行くな。絶対に行くな。子どものため、私のために、この世に残るんだ」と祈り続けた。

私は、何日もの間、このビニール袋を胸に抱いて病院に通い続けた。これを手放したら、妻の命は飛び去ってしまうかもしれない、そういう思いから抜け出せなかったからだ。

その小さな病院は、深夜に入り、恐ろしいほど静かだった。

ときおりエレベーターが開閉する音が聞こえ、また、一階に下りてきた手術着姿の人々が、入り口脇《わき》の自動販売機で飲み物を買って飲む様子が見える。いったい自分はどこにいるのか、不思議な感覚にとらわれていた。

わずか数時間前には、あわただしい中でも、夫と妻とその子どもは、いつもどおりの社会生活を営んでいた。どこにでもある「普通の暮らし」を維持していた。それがいまは、病院の待合室で、最悪の事態をも予想しながら、恐怖に震えている。暗い病院のどこかで続けられている手術の成功を一心に祈りながら、私は緊張し続けた。幸い息子は、ナースが持ってきてくれた毛布でくるまれて、待合室のソファーの上で眠りに落ちることができた。子どもの寝顔と静かに繰り返される寝息を聞きながら、私は妻の心に、「この子のためにも生きて欲しい」と呼びかけていた。

後に調べたことだが、妻が発症したくも膜下出血は、知れば知るほどおそろしい病である。発病するのは、なぜか女性が多い。それも四〇代から六〇代での発病が多い。女性の血管の器質に原因があるからといわれるが、詳しいことはわかっていないようだ。

この病気は、「くも膜下」で「出血」すると書くとおり、脳のくも膜の下の血管が破裂して出血し、脳全体を血液がおおってしまう状態になる。今回のように血腫を作ってしまうこともあるようだ。そして、最初の発病時に四分の一あまりが亡《な》くなる、という凄《すさ》まじさである。しかも、辛くも生存したとして、すぐそのあとには、血管攣《れん》縮《しゅく》と、水頭症という二つの危険が待ち受けており、これをクリアできずに亡くなるケースもあるという。また、助かったとしても、身体に重い障害を負うことが多い。

文学的表現をかりると、人間というのは「血と肉」からできているというが、まさに肉体の中に網目のように張り巡らされている血管が、この病の原因だ。

　血液は、人間の体内をものすごい速度で循環している。心臓から出た血液は、頭へ向かって急上昇し、頭蓋骨《ずがいこつ》に達すると一八〇度方向を転換し、今度は身体の下部へ向かう。この際、方向転換をするところの動脈血管の壁には、毎秒すさまじい勢いで血液の流れがぶつかっている。そこの動脈血管がすり減り、厚さを保っていられなくなると、血管は壁にぶちあたり続ける血液の力で膨らんでいく。そのようにしてできあがった血管のこぶ、つまり動脈瘤が大きくなり、ある時点で、耐え切れなくなって破裂してしまう。これがくも膜下出血である。平静時の血圧が高ければ、その危険性は高まることとなる。

　脳内の血管が詰まる脳梗塞《のうこうそく》や、脳内の血管から出血して発症する脳出血とは異なり、くも膜下出血は、脳内に大出血をすることで、不幸にも発症時に亡くなる人が多い。

　くも膜下出血の発症は、人が起きている時間、とくに早朝や夕刻に多いというが、その理由は明らかではない。

　最近では、台風が接近した沖縄で、くも膜下出血の発症が多発した。気圧の変化が引き金になるということが考えられるが、そうであれば、将来、気圧の極度の変化が予測される際には、くも膜下出血の注意報を流すようなことも必要かもしれない。

私は、妻の発病後、およそ手に入る限りの関連本を買い求め、この病気にかかった人の家族の体験談などを読みふけったが、いずれも症状の比較的軽いケースが多く、そうした意味ではほとんど参考にならなかった。ただ、症状の軽い重いにかかわらず、ひとりひとりの受けた損傷によって、どんな家族も皆、それからの人生で難しく苦しい日々を乗り越えて戦っていることを知った。

話を病院に戻す。

もちろんこの時点ではまだ、私たちが歩くことになる困難な道は想像すらしていなかった。

ただ、たとえ悪魔があらわれて私の前にその後の道を見せ、「大変だからここで奥さんとの人生を取りまとめてはどうか」と迫ったとしても、私は私の命と引き換えに妻の無事を取り戻したいと望んだと思う。

私は実際、そうも祈った。自分の命と交換してほしいと。とにかく人知の及ぶことも及ばぬことをも駆使しても、妻の命を拾いたい、そう思った。

数ヶ月後、こんどは人知の及ぶことも及ばぬことをも駆使しても、妻を以前の元気だった頃の妻に戻したいと念じるようになったが、この時点ではそんな心の余裕はなかった。

私は、自分のめまいのせいで、この年の七月に脳ドックにかかり、「加齢相当の小さなラクナ梗塞はあるが、あとは心配ない」との診断を得ていた。あの時に妻も一緒に受診させていれば、と思った。そうしたらおそらく動脈瘤が発見され、何らかの予防措置によって、今回の事態の芽を事前に摘めただろう。そう思うと、悔やまれてならなかった。

妻も自費扱いの脳ドックを受けておくべきだった。五万円から七万円もの大金がかかり家計的には痛いが、定期的に受診すべきだったのだ。もちろん、近い将来に保険が利《き》く項目に変えるべきだと思う。

ひとりの家族の命は、その家族全体の命でもある。一度しかない人生を可能な限り大事にすることは、家族全体の幸せにつながるのだ。

それにしても、長い長い一夜だった。

待合室のすりガラスの窓の外に日の光が射《さ》し始め、いつの間にか夜が明けたのだと思った。

午前七時ごろ。私たちの前にようやくナースが姿を見せると、てきぱきとした様子でいった。「手術は終わりました。患者さんは集中治療室に入ります。しばらくしたらお会いになれます。また、医師から、今回の対応について、のちほどご説明します」。

私たちが、不安な気持ちを抱きながら向かった二階の集中治療室には、点滴や管をつけて寝かされた妻が眠っていた。

髪はすっかり切られていて、頭の傷跡が痛々しかった。

集中治療室の隣のナースステーションにいた奈良医師は、「手術は予定どおり終わりました」というと、妻の容態と手術内容について説明した。

医師のひとつひとつの言葉が、ぴしりぴしりと私の胸にこたえた。

「血管攣縮」や「水頭症」の可能性も含めて、いくつもの関門が待ち受けている。大きく傷を負った身体に、なおも降りかかる危険が口を開けて待っているようだった。

ただ、とにかく私と息子にとって、もっとも大事な命を救うことができたのだった。集中治療室では、妻の呼吸や酸素量、血圧などを測る機械が規則正しい動きを続けていた。

そのことが何にも増してうれしかった。

私は、妻が生きて戻ってきたことを心から神に感謝した。

二　グレード5からの生還

碑文谷病院。

この病院がなければ、妻がいまも私たち家族とともに生活を続けることは叶《かな》わなかったであろうと思う。

妻は「グレード5の重篤なくも膜下出血」と診断されていた。くも膜下出血には、意識が鮮明なグレード1の患者から、その重さに準じて五つのグレードがついている。

グレード2は、ぼうっとした意識状態。

グレード3の患者は、声をかけると反応するレベル。

グレード4の患者は、呼びかけても反応しない。

グレード5は、まったく反応がない。

ちなみに、グレード3の患者までは、きちんとした医療施設に行けば、生還可能といわれている。

妻のグレード5が、たくさんの病院の受け入れ拒否によって無駄に費やされた時間が長かったため陥った事態だったのかは定かではないが、私の心の中には、受け入れを拒んだ病院に、妻はもう少しで殺されるところだったとの思いが残った。

私は、妻の手術後、何人かの医者から、「よくそれだけ重篤で助かりましたね」といわれた。大きな大学病院のようなところだったら、グレード評価を下した段階で簡単に手当てを諦《あきら》めて「手術はできません」といわれても不思議ではなかったとも聞いた。

手術するかしないか、治療するかしないかはすべて医師の判断による。とはいえ、世の中には、最初から諦めてしまうケースもあり得るのだと初めて知った。

テレビドラマやマンガに出てくる医師なら、どんな重篤な患者でも、必ず救ってみせるとばかり、助けに動くだろう。心電図の動きが弱まり、「先生。もうだめです」という麻酔医の声があがるも、「いや、まだこれからだ」と気合いを入れ直し、手術台へ向かうだろう。だが、現実はそう簡単には運ばない。

幸運にも、妻が入った病院には、当夜、脳外科医が四人も揃《そろ》っていた。彼らが文字通り手を尽くしてくれたからこそ、妻は命が助かったのだ。

「家族と思って手術します」

私を支えた院長のこの一言こそが、そこから先も、妻の闘病生活を共に闘う私の原動力となり続けた。

この年の一一月、一二月は、異例といえるほど脳血管関連の疾患が多かったようだ。病院では、妻が手術を受けた翌週も、予定していた一件を含めて四件もの手術が相次ぎ、奈良医師は、「手術続きの中で、医師が疲弊しないように気をつけている」といっていた。

妻自身は、命は取り留めたものの、いぜん数日経《た》っても一言も言葉を発しようとしなかった。

左目は大きく腫《は》れてつぶれたようになっており、両目ともじっと閉じられたままだ。腫れた目は痛々しく、数日経ってまぶたの間からかすかに黒い瞳《ひとみ》がのぞいた時には、心底ほっとした。

そこに至るまでにも、集中治療室内での毎日は「上がったり下がったり」の連続だった。

まず、自発呼吸が可能になった。小さく呼吸を続ける妻の顔を見ながら、これで植物人間になるのは避けられるかもしれないと考えた。

さらに、医師の呼びかけに応じて、ぐー、ちょき、ぱーが出せるようになった。

医師が「ぐーを出して」「ぱーを出して」「ちょきを出して」と呼びかける。それに合わせて、妻の細い右腕がベッドの布団《ふとん》の中からゆっくりと顔を出し、手がぐー、ちょき、ぱーの形に作られる。

私も毎日、病院へ行くと、最初の儀式として「ぐーは出せる？　ちょきは？　ぱーは？」とたずね続けた。その度に妻の右手が上がり、ぐーが、ちょきが、ぱーが作られた。時には、手のアクションに妙に力が無いこともあり、毎日、緊張が続いた。そのうち、Vサインを出したり、こちらのそっと触った手を、ぎゅっと握ったりするようにもなった。

妻はやさしく頭が切れ、てきぱきとした女性だった。誰にも公平に臨み、何ごとにも動じることがなく、記者稼業《かぎょう》の夫の妻にふさわしく腹も据わっていた。

ワシントン特派員だった一九八〇年代の後半、それは妻との新婚時代でもあるのだが、東京から来た客人をレストランでもてなしたことがある。妻と初めて顔合わせをしたその客人は、一言、「はきだめに鶴《つる》だな」といった。私はこの言い方がとても気にいった。いかにもそのとおりだったからだ。

「はきだめ」と「鶴」の結婚生活は、鶴に苦労をかけ通しだった。何せ、夫は人生の大半を、もっとも好きな「情報分析」の仕事に飛びまわっていたのだ。

モスクワからのレポート風景

国際社会は、八〇年代の後半から米ソの雪解けが始まり、これにともなって、外相会談や首脳会談が相次いでいた。当初は、こうした会談の多くは、米ソの中間地点にあるジュネーブで開催され、私も何度となく現地に足を運んで取材をした。ジュネーブにあるソビエト大使館やアメリカ大使館の前で、他の国の記者たちと張り番をして立ち続けた。

記者稼業の面白いところは、ひとつの事象が、必ずどこかで人間と結びつくところだ。

たとえば、「軍備管理」という言葉は、それ一つとってみれば、味も素っ気もない。学校の先生や専門家だったら、「軍備管理」についての知識を持てばよいのかもしれない。ところが、記者は、「取材」という行為によって、「軍備管理」に関わる政府高官や政府の報道担当、他国の記者などと知り合い、彼らの考えを吸い上げて血や肉とする。そうして、「軍備管理」を無味乾燥な難しい軍事・外交用語ではなく、人間の顔を持った言葉に変化させていくのだ。

当時、私は、少しずつキープレイヤーたちの顔を知っていき、「東西軍備管理」の専門記者としての引き出しを増やしていった。

また、米大統領の欧州やアジアへの訪問などにも、必ず同行して内幕を取材した。米ソの首脳会談のため、モスクワやマルタ島にも飛んだ。アメリカ外交を足で学ぶことができた。

カストロが牛耳る共産圏キューバへアメリカ人の助手を連れて入って周囲に驚かれたり、アメリカと対立していたノリエガ政権下のパナマでは、取材拠点としていたホテルを軍に制圧され、「処刑」されかける恐怖も味わった。

ハードニュースを取材し、情報を集め、たくさんの情報の中から一本の針のような真実を見つけ出す。その真実を視聴者に提供するときの高揚した気持ちに突き動かされてきた記者人生だった。

ワシントン時代には、多い時には月の半分をワシントンから外へ出て暮らす日々だった。一方で、初めてのアメリカ生活となる妻は、当初は英語がよく分からず、車も運転できないハンディを背負ってのスタートであった。特派員の妻として気苦労も絶えなかったと思うが、妻は私の仕事を陰で支え続けた。

私は昔から着るものには無頓着《むとんちゃく》で、洋服のコーディネーションなどには一切関心がなかった。ズボンにいたっては、サイズは違えども、一四歳の年から今日まで、同じメーカーの同じものを、私的な場でも公《おおやけ》の場でも穿《は》き続けているくらいだ。

しかし、「着ている服が服だから」という理由だけで、リポート自体の評価が下がりもするのがテレビニュースの世界だ。困った私だったが、ワシントン時代に長旅の取材となる時は、妻が、「勝負服」(と、私たちは呼んでいた)を七日分、背広とワイシャツとネクタイをコーディネートしてスーツケースに詰め込んでくれるのが常だった。七日間の背広とワイシャツとネクタイを、どういう組み合わせで着ればよいかを絵で描いた表をつけてくれたので、私はその組み合わせを再現して着用し、カメラの前に立つだけでよかった。

妻はまた、日本食好きの私のために、現地の日本食料理店で手に入れた梅干しなどを緊急キットとして準備し、旅行用トランクに詰めてくれるのだった。

情報を「収集」し、「分析」し、「とりまとめ」、「リポート」する。この動作を極限まで高める上で、妻のサポートは欠かせなかった。

その一方で、日常生活では、文字通り「横の物を縦に」もしない男で、買い物も掃除も洗濯も不得意だった。

当初はあきれて物もいえず、のちには口うるさく注意してまわり、最後に諦めた妻は、私が日常生活では存在しないかのように、すべてを切り回した。

息子が生まれたあとは、「はきだめ」男を反面教師にして、息子をふところの深い人間に育て上げようと一人で奮闘していた。私は妻の努力を横目で見ながら、平日も休日も、昼も夜もなく、仕事を続けてきた。

そんな妻が、いまは私の目の前で、傷つき、弱々しく動く右手を必死に伸ばして、ぐーやぱーを出すことで、やっと自分の意志を示しているのだった。私はこの姿を見続けていたら、いつか気が狂うだろうと思った。そして横たわる小さな傷ついた姿から、かつての妻の姿を掘り起こそうと必死になっていた。

手術後数日して妻の意欲がぐっと低下した。この頃は「血管攣縮《れんしゅく》」が起こりやすい時期だったから、それと関係していたのかもしれない。

「血管攣縮」は、原因は特定されていないものの、一説では、くも膜下出血で出た血が脳の大動脈の血管に触れることを原因に、その血管が急に細くなったり、場合によっては、閉じた状態になることをいうようだ。脳血管が細くなれば、脳梗塞《のうこうそく》を発症する可能性が高くなるし、閉じてしまえば、即死することもある危険な症状である。発症後五日～二週間の間に起こることが多い。

奈良医師からは、手術から二週間たった患者さんが、食事をしたあと廊下で医師と立ち話をしている最中に「血管攣縮」を発症し、床に崩れ落ちたときには亡《な》くなっていたという話も聞いた。

私たち家族は、手術から二週間あまりは、「血管攣縮」の悪夢が起こらないように、妻の様子を見守りながら、無事を祈る日々となった。

頭の中のことは、身体《からだ》の表層にはほとんどあらわれない。それだけに、外から見える小さな動きを捉《とら》えるしか手がない。だから医師任せにせずに、家族もしっかりと見守っていることが大切だと、妻のベッドの脇《わき》で考え続けた。

私はひたすら妻を見守り、介護し、その間も緊張し続け、くたくたになって自宅へ帰った。疲れと緊張を酒で癒《いや》したいときもあったが、酒を口にするのはいっさい止《や》めていた。いつどんな事態が起きても頭をはっきりとさせておきたい。気を抜かずに、真剣に妻と対峙《たいじ》すること、それが、いままで妻を大切にしてこなかった私の罪滅ぼしだと思った。もっとも、それで許してもらえるかは分からないが。

妻には、手術後の措置が次々と講じられた。

奈良医師は、病院が装備している高気圧酸素療法用のタンクで高圧をかけたいといった。これによって脳の腫れが引き、予後が良くなることがある、という話だ。ただ、高圧をかけているときに不測の事態が起きたとしても、圧力が戻るまでは手出しができず、危険な事態に陥る懸念《けねん》もある、と警告を受けた。

良くなることは何でもやっていただこうと考え、承諾書にサインした。試みた結果、医師が「思ったより意識がしっかりしている」と評価できるような状況になってほっとした。

また、奈良医師は、かなり早い段階から、「どなたが来ても構わない。音楽も聴かせて構わない。どんどん刺激を与えて欲しい」と仰《おっしゃ》った。そう聞いて、思いつくことはなんでもした。イーグルスの『ホテル・カリフォルニア』や、ビートルズの『ヒア・ゼア・アンド・エヴリホエア』など、iPodに妻の好きな曲を入れ、病院でイヤホンを妻の両耳に入れて聞かせ、反応を見ることもした。そんなに簡単に反応が出るわけもないと分かっていながらも、出ないことに不安をおぼえた。

この「刺激を与える」行為は、のちに、リハビリをするために転院した病院でも要求された。たしかに刺激を与えていくことで、妻の容態が良くなっていったと思う。完全看護の病院で、患者はベッドで一人ぼうっとしているだけというのは、家族にとっては楽なことだが、患者本人にとってはよいわけがない。意識を上げるために、思いつくことはなんでもすべきだ、と私は思った。

妻と私たち家族による病との戦いは、二〇六号室という集中治療室で始まった。ナースステーションの隣の患者二人が入る小さな部屋だった。

倒れてから三日目。鼻から食事をとり、右手を口やのどのところへ持っていき、「のどがかわく」ことをジェスチャーでしきりに訴えるので、氷を食べさせようと試みた。だが、なかなか上手《うま》くいかない。ちなみに氷は、口の中に入れておくと溶けて水になるため、嚥下《えんげ》の訓練に良いそうだ。

そんな妻が言葉を取り戻したのは、一〇歳の息子がきっかけだった。

息子の「ママ」という呼びかけに、妻は初めて口を小さく開くと子どもの名を呼び、「ありがとう」といったのだ。

「大ちゃん、ありがとう」

それはかすかな、聞き取れないほど小さな声だった。

興奮しているのか、右腕が震えるような動きをしていたが「ママ、うれしくて、（右手が）動いちゃう」と絞り出すような声で、一言一言、ゆっくりとつけたした。低くうなっているようにも聞こえる声だった。妻が言葉を発した驚きとともに、厳しい状況にありながら、なおも息子を気遣う言葉に、私の目頭は熱くなっていった。

奈良医師は、手術のすぐ直後から、妻のリハビリを始めた。

脳の手術という大きな処置をした後でも、早期のリハビリが大切だということだった。しかし、最初はその訓練の様子にかなり面食らった。

ベッドの上で唸《うな》っている患者を、かまわずに動かそうというのである。もちろん、患者の意志だけでは身体はまったく動かない。そこでリハビリ担当の理学療法士が、患者の身体を、文字通り手取り足取りして、積極的に動かしていくのだ。

妻のリハビリの担当は、小柄で細面の理学療法士、飯田《いいだ》先生だ。われわれ家族は初対面の挨拶《あいさつ》もそこそこに、集中治療室の妻のベッドの脇で、飯田先生からリハビリのイロハを教わった。息子が小型の画用紙に、リハビリ動作ひとつひとつの注意点を、図入りでメモした。

①　右手も左手も万歳の姿勢を一〇回やる
②　肩を真っすぐ上げる
③　肩を横から上げる
④　ひじを曲げ、伸ばす
⑤　手首をお辞儀させる
⑥　手首をそらし、まわす
⑦　ぐーぱー（指一本一本をひらいた方が良い）
⑧　足首をそらす
⑨　足の指をぐーぱーする
⑩　膝《ひざ》を立てて足首と膝こぞうを持ち、内側と外側に倒す
⑪　股《こ》関節《かんせつ》と膝を曲げる

飯田先生が、「手足の筋肉が固まって動かなくなる拘縮が強くなり始めているので警戒している」と仰るので、私たち家族は教わった通りに、妻の手足を積極的に動かした。

とくに熱心だったのは、私の母親だった。母は夫を脳梗塞で亡くしたため、早期に

リハビリをすることが大切だとよく理解していた。当時の看病で腰をやられてはいたが、痛む腰に装具を巻きつけて、何日も、妻の動かない左足を揉《も》み続けた。これが、そののち、妻が左足を使って歩き出せるまでにいたった直接の原因だろうと私は思っている。

妻が倒れるという事態を受け、私は、他に頼める人もおらず、主婦と母親の役割を否応《いやおう》なく引き受けることになった。これまでの役割であった「仕事」はできない状態となり、八方塞《ふさ》がりの感があったが、妻の容態が予断を許さない中ではそうせざるを得なかった。

妻が倒れてから四日目。

私は、息子の英語の学校や水泳の学校、塾などに次々と電話を入れて、当分は休むと連絡した。ようやくそうしたことに頭がまわるようになった。ただ、あまり細かい話はせずに、お断りを入れるのには苦労した。

この他にも、急きょ休ませることになった息子の小学校への対応やら、息子がかかっている医者の診察の把握など、やらねばならないことが、あきれるほど次々と浮上してきた。

また、金銭面の管理も大切だった。入院ということになれば、入院保証金や入院費

ニュースアンカーという立場上、対応の難しいこともあった

の問題も出てくる。郵便ポストに投げ込まれる電気やガスの請求書も気にしなくてはいけない。

銀行の口座はどうなっているのか。妻と私がどの銀行にどんな口座を開いているのか、いくら入っているのか。すべてを把握し、状況を整理する必要があった。お恥ずかしい話だが、これも、私には未知の世界であった。

妻もまさか自分が倒れるとは思っていないので、書き残したものが存在しない。タンスや妻の残したハンドバッグを捜索して通帳を探し出し、印鑑をチェックし、銀行に足を運び、非常事態であることを説明し、ようやくそれぞれの口座の状況を把握できた。

保険についても、自分がどこの会社のどんな保険に入っているのか、まるで知らなかった。調べた結果、私には保険がかかっていたが、妻は「私は大丈夫」といって、保険に入っていないことが分かった。そのため、今回の手術や入院を保険で賄《まかな》えるような状況は存在しないことが判明した。

さらに、大きな問題があった。公の場への対応である。ニュース番組のアンカーという仕事は、人々の好奇の目にさらされることが多いが、私自身は、これまで家庭の話は一切公にしてこなかった。私の学歴や家族についても、一切語らない主義を貫いてきた。しかし、その原則を一部崩さざるを得ないことになった。

妻が倒れた日から、私は番組を休んでいた。突然画面から消えたことで、私の失踪《しっそう》説や、殺害説まで出ており、社としてもきちんとした説明をする必要があるという。いちニュースアンカーの妻の病気が、国民の「知る権利」に応《こた》える内容かは疑問だったが、そうも言ってはおられない状況だった。ただ、ではどう対処するかについては、悩みも深かった。

私自身についてならば、何が起きているのか、ある程度説明するのは仕方がないだろう。しかし、妻の病気について無防備に対応するわけにはいかないと思った。

また、重篤《じゅうとく》なくも膜下出血であるという現実を、私たち家族も消化しきれていないうちから、それを世の中に広めるのには不安が大きかった。しかし、どこかで折り合いをつけなければならない。

視聴者の皆さんに心配をいただきながらも、また、好奇の目にさらされながらも、発病当初、「家族の看病」ということしか明かさなかったのは、こうした考えからだった。番組内で、相方の滝川クリステルさんが、私が家族の看病のために休んでいると伝えてくれた。

さて、突然の事態の中で、力を発揮したのが、携帯電話だった。

私は自宅内に子どもにも分かるように、緊急の連絡先の一覧を作り、親族の自宅や携帯電話番号をリストアップして張り出した。何か大事件が起きた際、ニュース特番を放送するときに、会議室からボードを引っ張り出してきて、その事件の関係箇所すべての連絡先を書き出す。この整理法が役に立った。

実家に電話してもなかなか電話にでない母には、急きょ携帯電話を持たせた。当初は病院に忘れたり、バッグの奥底へしまい込んだりして、持ち慣れるまでにはだいぶ時間がかかったが、ひとつの情報を家族内で共有するには絶対に必要なライフラインだった。

私の携帯番号は、病院にも教えた。どこにいようと応答できることはもちろん、緊急時には確実に連絡が入るということで、心を落ち着かせることができた。

携帯電話については、医療の現場でもっと活躍させられるだろうと思った。たとえば、病院が患者に対し、医療連絡用の番号を登録した携帯電話を廉価《れんか》で貸し出したり、患者の血圧や呼吸の状況が分かるような特殊な工夫が施された携帯電話を作って、そのデータを必要な箇所へ流すといったサービスを進めると便利なのに、などと考えた。

こうした中で、私が日常生活で救われたのは、息子がしっかりしていてくれたという点だった。

私は、子どもに何度慰められたことだろう。「パパ、ママは大丈夫だよ」。何度この魔法のような言葉を聞いたことだろう。子どもは私が極限状態の中でイライラし、時に理不尽な怒りをぶつけても、全く謝る必要がないのに「パパ、ごめんなさい」ということすらあった。私は自分の取り乱しぶりと底の浅さを恥ずかしいと思った。

それにしても、わずか一〇歳のこの子のどこに、かくも気高き心が隠されているのであろうか。

息子のケアは、このとてつもない事態の中で、父親の大事な役目のひとつであったが、私がそれを十分に果たせたとはお世辞にもいえない。それどころか、子どもに教えられたことのいかに多かったことか。

息子は、その後の妻の闘病生活の中でも「できる限り明るくしたい」といいつづけた。私がはっとさせられた彼の言葉に、「お母さんを悲しませるのだけはいけない」というものがある。

「いま一番大事なことはなんだと思う？」、「お母さんを看病していく上で大切なことはどんなことだと思う？」という私の問いに対する答えだった。

こんな言葉が、一〇歳の子どもから発せられるのだった。素晴らしいと思った。すごいとも思った。私は、わが子を誇りに思うことができて、そのことに感謝している。

一〇歳の子どもにとって、今回の事態が、想像を超えた恐ろしい現実であることはいうまでもなかった。この事態に、息子は必死に耐えて、父親の〝パートナー〟となってくれた。

妻を家庭の司令塔に仕立てて、息子との会話不足も、接触不足も、すべて妻を経由して補っていた私であったが、皮肉なことに、今回の非常事態を機に、息子と久しぶりに正面から向き合うことになった。朝から晩まで、子どもと顔をつき合わせるのは実に新鮮な経験だったが、その中で、息子が知らぬ間に成長している事実にも驚かされていた。

二四時間、寝ているとき以外はニュースに対応し、新鮮な情報を入手することに力を注いで、それが一家の主《あるじ》としての正しい生き方だと思ってきた私は、冷水を浴びせられた思いだった。

仕事は人間にとってたいへん大事な活動だ。ましてや、好きなことをしているのであれば、一生懸命取り組むのが当然である。でも、同時に仕事は、生活の一部であって、生活が仕事の一部であってはならないのだ。私は反省した。

少なくとも、この点で、今後道を誤ってはならないと思った。軸足を仕事にではなく家族に置き直して、そこから「社会生活」という円を描く方法を学ぶ必要がある。視聴者に真剣に向かい合い、信頼を損ねないように全力を尽くしながら、なおかつ、軸足を家族に置く。今後、それができるかどうかが問われていた。

果たしてうまくいくだろうか。だが、そうした心配を圧倒するような現実が、とりあえず目の前にあった。

ぴっ。ぴっ。ぴっ。

妻の身体《からだ》には、バイタルを測定する機器がつけられ、血圧や脈拍、酸素量などが毎秒計測されていく。血圧は依然高めだが、薬で無理にコントロールはしていないようだ。この時期に血圧を落とすと、脳の血圧管理がうまくいっていないので危険な状態になるからだ、と、あとから近所にいる私の主治医に聞いた。

息子は頭に大きな傷を負った母親を怖がって、当初、なかなか集中治療室に入ろうとはしなかった。やっとの思いで妻のベッド脇《わき》に立った息子に、ナースの一人が、「お母さんは悪いものが取れてもう大丈夫なの。お母さんの頭の傷を見ることが大事よ」とやさしく諭してくれた。その言葉を聞きながら、妻の前で涙を流す息子の姿には胸がつまった。

ナースはまた、私には「お台所に立つ夢を見られるようで、昨夜は『ごはんと醬《しょう》油《ゆ》』とおっしゃっていましたよ」といった。妻は、心のどこかで家庭の主婦を続けているようだ。

「飲み込む力が悪い。もう少し水を入れられると良いと思うが」と奈良医師はいう。「右はかなり機能が残っている」との話には希望が持てたが、「手術の際、脳の一部を切除せざるを得なかったため、今後やる気が出るかどうかが問題となるかもしれない。やる気が出ることが大切なのだが」といわれて、またまた不安になった。

奈良医師が「松本さん。この部屋には何人の人間がいますか？」と大きな声で妻に問いかける。妻は、ごく薄くまぶたを開くと、妻と、私と医師の三人がいる部屋の中を見て、右手を開いて「五人」と答えた。奈良医師は、うーん、と一言うなった。どう見えているのだろうか、とこれも不安がこみあげてくる。

また、言葉を単語単位で取り戻し、うわごとが出るようになったものの、手放しで喜ぶ状況とはいかなかった。この頃、妻は左腕を右腕で押しながら、「押せない。押せない。壊れている」とつぶやいた。どうやら、自宅の掃除機を手に持って、スイッチが入らないという夢を見ているようだった。

壊れた左腕。

妻が夢に見ている強烈なイメージに、私の心にもショックが広がった。

一方、身体は、左足首の拘縮が始まっており、注意が必要だとリハビリ担当の飯田先生は繰り返した。負った傷の大きさや問題点が、次々と浮き彫りになり始めていた。

本人はなんとか言葉を取り戻したおかげで意志が伝えられるようになり、「食べ物、まだ?」と息子に声をかけ、「お弁当」と求める。息子を心の支えにしているのがよく分かる。

病院からは、棒付き飴《あめ》を舐《な》めさせてみたらいいのでは、との提案があり、私は棒付きの丸い形の飴を買ってきた。おそるおそる口元に近づけ、「舐めてごらん」というと、舌がそっと出てきた。飴の先を舐める。

皆が息を殺して見つめる前で、飴をゆっくり舐めては、舌が口の中に戻され、味わっている。「おいしいかい」と聞くと、右手が持ち上がり、指で丸を作った。

ただ、その飴を、私が目を離したすきに、親族の一人が近づけ過ぎて、丸い飴がいきなりするりと口の中に入ってしまったのには焦《あせ》った。飴をほおばる格好になってしまったのだ。妻の口からは棒だけが不格好につきだしている。

あわてて「口を開けて」と言っても、しっかりと閉じたままだ。まだ、ほんのわずかしか口を開ける力がないのだから無理もない。

若いナースの一人が、飴を取り出そうと妻の口を懸命にこじ開けようとしたが、やはり口は固く閉じられたままだ。「飴が溶けるまで待ちますか。無理にこじ開ける機械もあるけれど、ケガをする危険がありますし」という。

困っていたところに、ベテランのナースが来た。事情を聞くと、「放っておくのは危ないわ」といって、口の筋肉を上手《うま》くいじって飴を取り出してくれた。ほっとする私にベテランのナースは、「口の中にあごを開けるポイントがあるの」と教えてくれた。危険なので、その後、飴は平べったく口に入りにくい大きいサイズの棒付き飴に変えた。

妻は私が「だいぶ良くなってきたよ。頑張ろうね」と声をかけると、くぐもった声で「良くなってるかなあ」とつぶやいていた。私は、本当に良くなって欲しいと心の中で祈るばかりだった。

奈良医師は「唇がかわくから、リップクリームを塗ってOKです」といった。

入院から五日目の段階で、リハビリはすでにフル回転を始めていた。

ベッドの上で横になったままで、自力ではとても起き上がるなど不可能だと思われる妻だったが、車椅子《いす》に移され、リハビリ室へ運ばれた。そして、室内に置かれた大きな台にくくりつけられ、いきなり台ごと垂直に立てられるようなたいへんなリハビリを毎日三回もやった。寝ていた妻が垂直に立ちあがった状態にされる。ただし、身体の左側はまったく力が入らず、だらんと傾いたままで、首も据わっておらずぐったりと頭を垂れている。その光景には、毎回息を呑《の》む思いだった。

術後の早い段階から、しっかりとリハビリをするのが大切だということは、頭の中では納得できたが、実際には、手術直後の妻が垂直にされた姿を見るのは、恐怖感があった。

そんな家族の思いを察してか、奈良医師とともに妻を手術してくださった深作《ふかさく》医師がさりげなくリハビリ室を訪れて、垂直立ちになった妻を見て「そんな高いところから世の中を見るチャンスはめったにないからね」と冗談をいわれた。

リハビリの飯田先生は「怖いですか？」。妻は「怖くない」と絞り出すような小さな声で、しかしはっきりと答えた。

私が、妻を台に乗せて立たせているのに驚いたと感想をいうと、奈良医師は「急性期に身体を動かすのは、ドイツを訪れた際に見て、本当に良いのかなあと自分も驚いた。無理矢理立たせた方が予後が良いと地元の医師に言われたが、実践してみて、まさにその通りだと今では思っている」ということだった。

このころは、熱が一日一回は三八度くらい出ていた。脱水症状にならないように気をつけた。

うわごとが減った。「みんなで一緒に夕食を食べよう」という。家族皆で一緒に夕食をとる。これが、いまの妻の心からの希望なのだ。当面の私たちの目標でもあると思った。

六日目。

医師を信頼し、家族も力を合わせて頑張る日々が続いている。

三八度六分ほども熱があり、頭が痛いと首のところを指さすので、例の垂直に立たせるリハビリは、本日は中止となった。

血圧は上が一五〇くらいで、下が九八くらい。頭にあてていた小型枕《まくら》に血が付いていたが、右手を使って、鼻に入れてある栄養を胃に送り込む管を抜いてしまったようだ。

奈良医師は、病院の廊下を手術着姿で走り回っている。「くも膜下出血の人ばかり入院してくる」と忙しそうだ。妻については、「血流はMRIで見る限り良さそうで、低下もそんなにしていない。熱があるのは身体を動かしていないために胆嚢炎《たんのうえん》があるからかもしれず、気にしていない。脳の腫《は》れがまだあるので、これがひけば、もう少し意識が出てくると思う」ということで、本人の意識をさらに会話や音楽で刺激するように指示された。

また、深作医師は、造影剤を入れて写真を撮ったが、脳の左右差はほとんどない、と安心するようにいった。ただ、立体映像にした場合「少し気になる個所があるが、まだ大丈夫だ」とも話されたのが気になった。この気になる個所が、のちに、脳動脈《のうどうみゃく》瘤《りゅう》の再発というかたちでの再手術につながることは、この時は想像だにしていなかった。

そして一週間が経《た》った。

この日の感動は、妻が両目を開いたことだ。それまでうっすらとしか開かなかった目が、この日大きく開いた。ただしその瞳《ひとみ》は、どうしたことか、両目とも右の方に寄ってしまっていた。のちに瞳は少しずつ中央に戻っていき私たちをほっとさせたが、なぜ、突然右に寄ってしまったのか、その時は怖くて誰にも尋ねられなかった。それ以上に、両目がしっかりと開いたことに、本当にほっとした気持ちだった。目を取り返したと思った。

リハビリでは本人を座らせる日々が続いている。妻に聞くと「昼から五時間ぐらいは座っていた」という。水は二、三滴は飲んだが、あまり口は開かない。意識はしっかりしており、ぐーもちょきも、ぱーも出せた。それに加えて、1も2も3も指示どおりに出せるようになった。それにしても、毎日、このぐー、ちょき、ぱーを出させるのが私の日課のようになってきている。

ちょうど一週間ということで、奈良医師が妻の容態をくわしく説明してくれた。「脳の腫れが強いため、最初の二日位は、頭蓋《ずがい》を外さなきゃ駄目かと思った時期もあった」ことを初めて明かした医師は、「もっと意識が上がってもよいはずだ」といった。頭の右側の血管を引き込んだのでへこんだところができて、美容整形が必要かもしれないとも述べた。結局この部分は、髪が伸びるとともに見えなくなっていったが。

この時期まで、病院は、妻の右側から音楽や会話の刺激を与えるように求めていたが、それは次第に左からの刺激を求める形に変わっていった。

後になって分かったことだが、妻は「高次脳機能障害」によって、自らの左側の空間を認識しない状態が起きており、左からの刺激とは、これを改善するための試みだった。

高次脳機能障害は、脳が部分的な損傷を受けることで、言語や記憶などの知的機能がうまく働かなくなることを指す。

注意力や集中力が低下したり、麻痺《まひ》を負った側の空間を認識できなくなるなど、さまざまな行動上の困難が生まれる。外見では、高次脳機能障害を負っていることはわからないことが多い。また、ひとりひとりの症状がかなり異なるため、周囲と摩擦を生む原因になりやすい。

この時点では、私たち家族は、この高次脳機能障害という言葉の存在すら知らず、ましてや、この障害が妻にこのあとどんな悪さをしようとしているのかも分からないでいた。

それにしても、次々と新たな事態が起きていた。考えもしなかった状況が発生するたびに、不安で胸がうずくことになった。

病人を持つ家族は、とりわけこうした大きな病気に出会うと、後になってから、

「あの時こうすれば良かった」「もっとこうしてあげればよかった」と悩むことが多い。

私は、父の脳梗塞《のうこうそく》で、そうしたほぞを噬《か》む思いに悩まされ、亡《な》くなった後にも、後悔の念にかられた。だから、今回はこの轍《てつ》を踏んではならないと自分に言い聞かせていた。

この時は、そうした不安のひとつである「血管攣縮《れんしゅく》」については、起こっていないようだ、という病院側の説明であった。しかし、のちになって、実際には攣縮が起きていた可能性が高かったことが分かった。

奈良院長は妻を風呂《ふろ》に入れることを考え始めていた。

「奥さんは汗をかきやすいようだ。風呂に入れたらどうかという私の提案には、毛穴が開いて血圧が急に下がるとよくないとナースたちが言うので、それもそうだと考えて、来週入れることにしたい」

私は、さすがに一週間のジェットコースター状態に、疲労が濃くなっていて、めまいの手前のような重苦しい思いや、首のしつこいこりと痛みに悩み始めていた。

妻の目の腫れは徐々にひき始めてはいるものの、首が据わるまではもう一歩だ。

妻の容態がひとまず安定すると、命が救えた喜びは、もっと良くなって欲しいという思いに変わっていた。さまざまな不安な事態を考えて、ひとり深い暗闇に落ち込んだような思いにかられたりもしたが、この日、ゼリー状にとろみをつけたジュースを初めて飲むことができたと聞いて、それだけで疲れも吹き飛ぶ思いだった。

私は、この碑文谷病院を「野戦病院」と思っていた。一年に一五〇〇件ほどの救急依頼の連絡が病院に入り、うち九割を受け入れているということだ。まさに、急性期医療の最前線である。

ちなみに「急性期」とは、倒れた直後など症状が激しい時期を指しており、手術や投薬などの処置を施して治癒《ちゆ》を目指す。「回復期」とは、急性期を経て、もしくは急性期を脱したとの判断のもと、患者のさらなる回復へ向けて治療をする時期を指している。

脳血管疾患の患者にとっては、「急性期」病院で一ヶ月を過ごし、そのあと「回復期」病院で最大三ヶ月を過ごすのが通常のルートであるということだ。

碑文谷病院では、くも膜下出血の患者は年間二〇件以上受け入れているそうだが、すでにこの週は予定していた脳の手術のほかに、くも膜下出血による緊急手術が三件も立て続けに入っていた。

それにしても、この病院の動きは良い。病院内に「凜《りん》」とした気合いのようなものが感じられる。奈良医師も、「ウチの病院の判断は早い。スタッフも対応がしっかりしている」と胸を張っていたが、その通りだと思う。小さい病院であり、周辺の大学病院のように、いかにも治しますというようなどんとした門構えはないが、それを遥《はる》かに凌《しの》ぐ「腕と心」がみなぎっているように感じた。

妻はようやく短い言葉で、「大丈夫」とか「（望むことは）ない」とか口にするようになった。奈良医師は早くも、脳疾患の患者のリハビリを専門に行なう回復期病院への転院について話し始めた。

「目標は最初から車椅子ではない。杖《つえ》で歩けるようになることだ」と力強く話してくださり、私は妻が少しでもよくなるように心から祈るばかりだった。

三　再び襲った衝撃

優秀な医師たちと家族が力を合わせて頑張り始めてから一週間が過ぎた。

後になって思えば、八日目、九日目、一〇日目の妻の三八度台の熱と、目を閉じてほとんど口をきかない様子は、血管攣縮が起きていることを示す兆候だったのかもしれない。なんとかまっすぐに座らせることを最大の目標にしてリハビリが続く中、妻の意識が少し下がっていることがずっと気になっていた。

しかし、先に記したように、この血管攣縮の発生については、しばらくするまで、医師たちも家族もわからなかった。

気を張って妻を見つめてはいるものの、医学について一般的な知識しか持ち合わせていないだけに、ただ気を揉《も》むばかりで何が起きているのかさっぱりわからない不安な状況だった。

病院で見聞きしている断片的な情報だけでは不安が増幅する一方なので、自宅へ帰ると、ネットを使って妻の症状に関連する本を買い漁《あさ》り、深夜に片端から読みふけった。

この結果、「くも膜下出血」については、素人《しろうと》解説ができるほど詳しくなった。だが、妻より重い病状について書かれた本は皆無であり、そういった点ではあまり参考にならなかった。それでも、二度と後悔するような状況を生まないためにも、なんとか知識を蓄えて、気を張って見守り続けるしかないと自分に言い聞かせ続けた。

妻はほとんど口をきかない。そんな妻の容態が心配で、私は、集中治療室の妻に、なんども手をぐー、ちょき、ぱーにするよう指示を出し、それができる度にほっとしたりした。

私と共につきそいをしている息子が、一階の病院待合室でぐったりしているのを見た奈良院長は、「疲れちゃったかな。大丈夫?」と声をかけてくれた。

疲れた息子を力づけようと、私が「計画委員長」となり、息子を「計画副委員長」に任命して、妻が少しでも元気になり、家庭内がうまく回るようにするアイディアを出し合うことにした。たいしたアイディアは出なかったが、気持ちの整理と気分転換にはつながった。明日どう妻の看病をするか、明日どう生きていくか、すべては一日単位で動いていくしかなかった。

この頃は、まだ、目前の状況に精一杯で、このあとどうなるのかについては、まったく考える余裕が持てなかった。

妻の状態をみても、固形食は一切口から取れない状況だ。ベッドから車椅子に移ることすら、ナースらが背負うようにしなければうまくできなかった。妻の負った身体《からだ》の障害がどんなレベルなのか、どこまで回復するのか、この時点ではすべてが未知の世界だった。

良いジャーナリストというものは、常によく物を考えようとする。考えれば考えるほど見えてくるものごとは多い。ジャーナリズムの世界で、私はこのことを学んだ。「事実」をただむやみに積み重ねても、必ずしも「真実」にはたどり着かない。むしろ、ゆがんだ、いびつなかたちの「真実」に行き着いてしまうこともある。そのいびつな「真実」に引きずられると、本当の「真実」を見る機会を失ってしまう。そこで、ただ「事実」を集めるだけでなく、集めたら、深く考えることが必要になる。

私は、妻の入院後、妻の容態を巡る「事実」を必死で集め続けたが、医学知識の壁は厚く難しかった。また、日々激しく妻の容態が変化するので、集めた「事実」を「考える」フィルターにかけると、かえって不安な思いが広がった。

考えてもらちがあかないことは、あえて深く考えないようにすることも大切だと思った。そこで今後は、いまは考えても仕方がないことは考えないように努めることにした。もっとも、考えざるを得ないこと、対処せざるを得ないことがあまりにも多すぎたのも事実だったが。

ただし、良い方に目を転じれば、妻は両目が開いて、瞬《まば》きもして、トイレに行きたいという息子に「いいよ」と短く答えたりするようにもなっていた。

言葉使いについては、病気以前と比べてかなりぶっきらぼうな物言いとなったが、これは、妻に言いやすい言葉と発音しにくい言葉があるためでもあるようだった。

妻がこの時期、不思議な動きをみせたことがある。

ある日、妻の病室へ入っていくと、妻が、何か言いたそうに、右腕を自分の身体の上で左側に持っていって、私に向かってゆらゆらと揺らすのだ。

私は、はっとした。

この動作は、脳梗塞を患《わずら》った私の亡き父が、同じように発病直後に病院のベッドに寝ていて、見舞った私の前で見せた動きと同じだったからだ。

「なに？　何なの？」と尋ねても、じっと私の目を見つめるだけだ。父もこの動作をして私をじっと見つめていたっけ、と思い出した。その時も、一体何を意味しているのか気になったがまったく分からなかった。もう少し意識が上がった時点で、妻にこの「サイン」について尋ねたのだが、妻は「何か言いたかったんでしょうね。覚えていない」と答えるばかりだった。

妻はまた、この時、さらに指を一本立てて、それから「私？」とつぶやいたが、これも何を意味するのか、見当がつかなかった。

――一日目。

病院へ行くと、お風呂に入っているところだった。

さっぱりとした様子で戻ってくるが、風呂上がりは、脂《あぶら》が抜け落ちた感じで、頭の傷や、青ざめた様子が見た目にも痛々しい。胸が突かれるような思いがする。

ほっとすることに、目ははっきりと開けている。ただ、視線の方向は、私から見て左へ左へと（つまり、本人の右へ右へ）流れていく。これは、のちに「半側空間無視」という高次脳機能障害による症状だと分かったが、この時点では、家族は、依然、何が起きているのか知る由《よし》もなかった。

車椅子《いす》でリハビリ室へ。例の台に乗せて強引に立たせる方法を、各三分、四回行なった。二回はゆるめ、二回はきつめに、というプログラムだ。妻は、台の上で一生懸命で、目をしっかり開け、首も少しでも真《ま》っ直《す》ぐにしようと頑張っている。

息子がリハビリ室に入ってくると、妻は右手を大きく上げて、握手をしようとした。そして、息子を両目で確認するようにじっとみつめる。「いま塾の算数ドリルが大変なんだよ」と息子がいうと、「ママとやりたいね」と息子を気遣うように一言述べた。

こう妻の発言を言葉として書くと、すらっと口から出たような印象だが、ものすごく苦労して、一語一語をゆっくり、絞り出すようにしゃべっている。

「何が食べたい？」「アイス」

「何味が食べたい？」「……」

「バニラ？」

聞くとゆっくりうなずく。ただし、血糖値をコントロールしているということで、買ってきたバニラアイスクリームは、スプーンの先にちょっとすくうだけで三、四口しか与えていない。

奈良医師に廊下でご挨拶《あいさつ》すると「だいぶしっかりしてきたでしょう。心配な血管攣縮もそろそろ神経質にならなくても良くなりますね」という。

そして、三日後に、念のため、血管造影をして脳内をチェックすると告げられた。病院としては、リハビリを本格化させる前にきちんと状況を確認しておいた方が良いという。

このとき病院側は一切説明しなかったが、数日前に撮影したMRIでの「少し気になる個所」が、血管造影によるチェック検査につながった側面もあるだろう、と今になって私は思っている。

そうした事態をまるで察知していないようで、妻自身は、棒付きの飴《あめ》を舐《な》めながら「おいしい」と喜んでいた。

一二日目。

病院内では、大きな情報はしっかり共有されているものの、小さな情報となるとやはり「齟齬《そご》」が出てくるようだ。

この日、病院へ行くと妻は車椅子に座っていた。「四〇分座っていた」と最初に話したナースからは聞いたが、別のナースによると「五時間は座っていますよ」ということだった。

車椅子に座った妻は、右手を盛んに動かしていて、ティッシュを取って鼻をかむことにこだわっている。話をあまりしなくなった、というナースもいる。話はできるはずだが、と思う。心の中に何か葛藤《かっとう》が起きているのだろうか。それとも物理的な何かが起きているのだろうか。たった一つの情報で、家族の気持ちは上がったり下がったりを繰り返している。

気をつけていなければ、車椅子に座りながら、首が下がって下向きになり、口を開けるとよだれが垂れてしまう。一気に老《ふ》けこんでしまったようだ。あわてて車椅子にかけよると、肩に手を回し「大丈夫だよ」と呼びかけた。妻は下を向いたまま、うなずいている。

リハビリの先生の一人が、訓練の最中に「松本さん、笑えますか？」と尋ねているのにはっとした。たしかに、入院以来一度も妻の笑顔を見ていないではないか。

妻は笑えなくなってしまったのかもしれない。くも膜下出血が妻の左半身や脳の機能と共に、笑顔まで奪ってしまったとしたら、こんな残酷なことはないと思った。

リハビリの先生たちは、拘縮がきつい左腕を身体から離すことで、妻が自分の左腕で左の胸を圧迫しないように促している。拘縮した腕が胸を押さえつけると、肺炎などを起こすケースもあるということだ。

病院の説明では、嚥下《えんげ》能力の評価は一から五まであり、三段階目がaとbに分かれた六段階となっているそうだ。妻は一だったのが、二段階目まで到達したという。

この日は、待望のアイスクリームを、ナースと食事管理の担当者とリハビリの医師の三人の女性が見守る中で、スプーンに大きくすくって五口食べた。「おいしかったら丸を出してごらん」というと、右手で丸を出して見せた。三人から「すごい！」と声が上がる。

ただし、五口目を食べたところで、急にむせて、痰《たん》を吸い出す機械であわててアイスクリームを吸い出すことになり、与え方についてスタッフ間で意見交換が行なわれた。

ここへ来てあまり話をしなくなっている件については、病院側は本人が「うつ」に入ってしゃべれるのにしゃべらない状態にあると見て、抗うつ剤を出して様子を見ていることも分かった。

また、口から食べ物を摂取する方法を試みようとしているが、嚥下動作が上手《うま》く出来ないのに加えて、口も大きく開かないのが問題だと見ていると聞いた。

本当にひとつひとつ、乗り越えなくてはならないハードルが存在する。そのハードルひとつひとつの前で、家族は、考え込み、悩むことになる。私もこれから先のことを考えると一睡もできなくなるような胃の痛い日々が続いていた。

そんな中、ほっとする出来事もあった。母が妻の背中などにあてる、あんず色の枕《まくら》を買ってくれた。犬の顔をモチーフにした可愛《かわい》い枕だ。

「名前をどうしようか」と妻に聞くと、あっさりと「犬の色からあんずちゃん」といった。素早い名前の決め方だった。妻の判断力は失われていない、と明るい気持ちがした。

一四日目。

手術から二週間目ということで、本来ならほっとしても良いであろうこの時期に行なわれた血管造影検査で、私たちは再び、不安の底に突き落とされることになった。

検査は、局部麻酔をして、足の大腿部《だいたいぶ》から、カテーテルを入れて脳まで到達させ、そこで造影剤を入れるという大がかりなものだった。CTなどと比べても、直接、脳内の患部の血管を見ることが可能であり、意味の大きい検査だった。

局部麻酔で行なうため、妻本人もかなり緊張していたようだ。造影剤を入れる瞬間に脳の中が熱くなったような感じになるので、その時は目を大きく開けて医師に「大丈夫なのか」と合図をしたと聞いた。

じりじりとした気分で検査が終わるのを待っていると、深作医師が深刻な表情で、手術室から戻ってきた。

その様子にふだんと違う感じがある。「ちょっと待って下さい」といわれて「何かあったな」と思った。不安な気持ちが広がっていく。さらにじりじりとして待っていると、「写真の準備ができたのでご説明します」と言われて、集中治療室の隣りのナースステーションで撮影したばかりの画像を見ながら説明を受けた。

結果は、妻と家族に、再び大きな試練をもたらすものだった。

手術のときに動脈瘤《どうみゃくりゅう》のこぶの個所に詰めたコイルが、いつの間にかへこんでしまったというのである。そのため、今回の検査で入れた造影剤がこぶ内に入ってしまったのが確認された。つまり、こぶの一部が詰まりきっていないのだ。詰まっていなければ、血液がこぶの中に流れ込み、再度の破裂が起こりうる。これを避けるために、コイルをこぶに詰め直す必要があるというわけだった。

説明を受けて、再び頭がくらくらする思いがした。妻は動脈瘤が再発したも同じという状態であり、再度の手術が必要となったのだ。手術には同意し、部屋に戻ったが、あんずちゃんを抱きかかえて寝ている妻に、この話はできないと思った。

なぜ、妻はここまで苦しまなければならないのか。

私たち家族は、再び、深い絶望の淵《ふち》に立った。

四　ほっとする日と不安な日

肉体的、精神的にもはや限界だと思いながらも、なんとかやり過ごす日々が続いていた。

息子と私は、この日もバスで妻の待つ病院へ向かった。

バスの中で、息子はひどく疲れた表情をして窓の外を流れる景色を見ていた。「どうしたの」と聞いても「なんでもない」と答えるばかりだった。息子も緊張の日々に心底疲れていた。息子を学校へ行かせたくても、病院での介護を中心とした私の動きと合わせるのが困難なため、引き続き休ませる選択肢しか残されていなかった。だが息子も、介護生活に頭までどっぷりつかる中でいっぱいいっぱいだったのだろう。何とか心を慰めて、気持ちをしゃんとさせなくてはと、私の心にももやもやした思いが広がったが、どう声をかけてよいか分からなかった。

妻が病院に運ばれてから丸二週間を超えたこの日、これまでいた集中治療室へ上がっていくと、妻のいた場所にベッドは無く、がらんとした空間が広がっていた。病院からは、二週間が経《た》ち、また救急の患者が次々と入ってくることから、部屋を移したいといわれていた。少しでも落ちついた環境で看病ができるように個室に移す手続きをお願いしていた。

ナースから「三〇五号室へ移られました」といわれ、「再手術があるのになあ」と思いながら、ひとつ上の階の部屋に向かった。

部屋は静かで、小さなテレビも付いており、落ちついていた。再手術を前に、希望が湧《わ》くような気がした。妻からは、呼吸や脈拍をチェックする機械も外されていた。ナースコールがあることだけが、これまでと同じだった。

このころ、妻は、首の後ろをひっかいては「痛い。痛い」と訴える日々が続いていた。栄養剤を投与する鼻の管は、あまりのうっとうしさに自ら抜いてしまい、その度に出血した血のあとが鼻の周りにこびりついていた。

院長は私の顔を見ると「二週間経ってだいぶスッキリしてきましたね」といって下さったが、私はうなずきながらも、疲れた様子の妻を思うと、気持ちがふさいでいった。ただ、少なくとも命を拾ったのだ。結果オーライとできるようにこれからも頑張ろうと思った。

妻はベッドに横になりながら、子どもの顔を見ると疲れた声でいった。

「こんなんでごめんね」

「大丈夫だよ」

「こんなんで悪い」

「大丈夫だから」

「早く元気になりたい。こんな調子で申し訳ない」。妻は、子どもの頭を撫《な》でるとそういった。「看護婦さんを呼んで来て。ママ寝るから」。

理学療法士であるリハビリ担当の飯田先生は、すでに左腕の訓練をする医師が妻についており、筋肉の緊張を弱める薬も数日前から投与していて、緊張がとれてきていると話していた。

「家族として何をすべきか」と聞いた私に、飯田先生は「手と足のマッサージは引き続きやって欲しい。首もしっかりしてきたが、どうしても左が見づらいので、左側から話しかけてあげて欲しい」と指示した。

このころの私は、まだ、妻が左半身に障害を負ったことをきちんと理解していなかった。基本はベッドに寝たままであったし、車椅子に移す時には、ぐったりとした本人を抱えるようにして移すのである。左腕は「動かさない」という程度の認識であった。

さらに、高次脳機能障害のために「半側空間無視」と呼ばれる、左側に注意や意識が行かず、空間的にも認識できない状態であることも、頭では理解していたものの、よく分かってはいなかった。

飯田先生の「左が見づらいので、左側から話しかけてあげてほしい」という指示は、左側へ注意をむけさせるという意味なのだが、当時の私は、この点をかなり軽く考えていた。重度の高次脳機能障害が残るという意識を持っていれば、もっと左へ注意を向けさせるリハビリに時間を使ったと思う。この点はうかつであったと後になって反省もし、後悔もした。

妻はといえば、ベッドのそばに用意したｉＰｏｄから流れている舞台「レ・ミゼラブル」の音楽を聞いていたが、急に思い立ったかのように、絞り出すような声で「ブロードウェーの『レ・ミゼラブル』でジャン・バルジャンが天国に行くところね。歌っているのはコゼットね」といった。そのとおり。歌っているのはコゼットだった。

妻と私は「レ・ミゼラブル」の舞台が好きだった。ワシントン特派員時代、妻は、ひとりでこの舞台を何度も見て、感動して私を引っ張って劇場へ連れて行った。

確かにたいへんに完成度の高い舞台であった。私もフランス革命を背景に、ジャン・バルジャンとジャベールの二人の対立を中心に繰り広げられる人間模様に引き込まれた。

「レ・ミゼラブル」の劇中音楽も大好きで、妻は東京へ戻ってからも自室で、趣味のビスクドール作りに励んでいる時など、よくこの曲を流していた。「レ・ミゼラブル」に目を開かされた私も、ワシントン時代には、オフィスへ向かう毎日、自分の気持ちを高めようと、運転する車の中で、フランス革命を唄《うた》う『Do You Hear The People Sing?』（民衆の歌声が聞こえるか）という曲をかけて、自分を鼓舞したものだった。

意識レベルを上げるために音楽を聞かせるようにと指示された私は、妻の大好きなこの曲を聴かせるのがベストだと考え、毎日毎日、繰り返しこの曲を病室に流していた。妻は、私の狙《ねら》い通り曲に反応して、突然、曲の解説をしだしたのだった。

それにしても、妻が滑らかにしゃべりだしたのにはびっくりした。

病室が変わったことが引き金になったのだろうか。この日を境に、妻は、実によく話すようになった。これまで手だけを使って「会話」していたのがうそのようだ。

そのしゃべりは極めてゆっくりした速度で、一言一言絞り出すようだったが、翌日には、病院を訪れた私の叔父夫婦が、私のことを「やさしい人で良かったわね」というと、ひとこと「やさしくないと取り柄がない」と答えて周囲を笑わせた。

やりとりができることが驚きだった。ただ、妻自身には依然、笑顔はあらわれなかった。ポーカーフェイスで冗談をいったようだった。

病室が変わったのに伴って、妻のベッドは、これまでのエアベッドから低反発のベッドにと変わった。そのベッドの周囲を、数々の動物型のクッションが取り囲むようになった。

動物のクッションは、身体《からだ》の動かない個所や痛い個所に補う重要な物で、犬のあんずちゃんに始まって、ブタのブーニン、カエルのケロッパ（のちにゲロッピになり、ゲロッパに変化した）、そして、自宅から息子のお気に入りのブルドッグのぬいぐるみのコンタが参加し、ベッドの周りは動物ランドに変わった。コンタは、夜間は一人で病院で頑張る妻にとっては息子がわりの大事な存在となった。

私は、再手術の話を妻にも息子にも伏せたままで、ひとり緊張していた。その緊張がしぐさに出るのだろうか。妻は、ある日、介助をしてくれる職員に「パパが心配だ」という話をしたそうだ。このエピソードを聞かせてくれたその人は、「自分の健康がたいへんなのにパパを心配するなんて奥さんは素晴しいわ」といった。私もそう思った。

食事は、流動食を試し始めたと言う。

私は、この時期、聖書の教えをなんども口ずさんでいた。「目には見えないけれど、たしかに在る天地創造のただひとりの神を信じ、自分たちの罪を悔い改め、神に許しを請《こ》い、神の義に立ち返るならば、神は救いの手をさしのべてくださるのです」。なんとしても神の権能が必要だった。

視野がせばまる一方で、妻が幻覚を見ているらしいことが分かった。足の上に子どもがいて、その子どもをどこかにやって欲しいと私に訴えた。他にも、棚の上の紙袋の中に、小犬の幻覚が見えたりした。

世の中は、すっかりクリスマスムードだった。殺風景な病室内をなんとかしようと、息子がお得意の紙細工アートで、クリスマスツリーを作ってベッド脇《わき》に飾り、「見える?」と尋ねると「シンプルで良いね」「可愛い」と大喜びする。ただ、ツリーの一番上に載せた星が「ねずみ」に見えるようで、「ねずみはやだね」といったりもする。なんと答えてよいか困った。

お昼ご飯は寝ながらではなくて、ベッドに座った状態で食べさせるようになった。ペースト状のご飯、そして、水はむせて呑《の》めないので、水がわりの「ごっくんゼリー」という飲み物。それにヨーグルトを二口程度食べる。

トイレへ自分で行くというが、そもそも立つことができないのに無理である。それが行けると思いこんでいるのだ。「病態失認」と呼ばれる、自分の病気の度合いがしっかり認識できないでいる状態だという。これも、脳の病気ではよく見られる症状だということだった。結局、ナースが無理だと判断を下したことにして、やめておくように説得する。この日は、これまでもっとも静かな一日だった。

一八日目。

私は疲れがひどく胃が痛い。

すでにリハビリは総動員態勢になっている。病院内の作業療法士や理学療法士が対応してくれる。腕のリハビリは、伸ばさないままでいれば拘縮が生じるため、徹底して行なわれるが、曲がる癖のつき始めた腕を伸ばすのは、はたで見ていても痛いだろうなと思う。作業療法士は、気をそらすため、妻に一から一〇まで数えるように指示する。妻は、一〇まで数えながらも「痛い、痛い、痛い」と顔をしかめて訴える。これをひたすら繰り返す。

リハビリ担当の飯田先生は、再度、「ひじと肩が固まり始めているので動かしていないといけません」と言う。その飯田先生も、妻の腕をマッサージしながら、気をそらすために妻にたずねている。

「ご飯で好きなのはなんですか」「お肉。たくさん食べますよ」。息子がすかさず「違うと思うけど。唐揚げをたくさん作ってといっても作んないもん」と混ぜかえす。こんどはひじを伸ばして、また、一〇数える。

昼食は、ようやく固形食を取る練習が始まる。ほうれん草、酢豚、ご飯にヨーグルト。お茶は、とろみをつけずに飲ませたらむせたということで、とろみをつけて飲んだ。

一九日目。

朝、久しぶりにゆっくりと息子と話をした。私は、息子に、もっと私が変わって家庭を第一に考え、君たちを大事にするよと約束した。

胃は痛く、足に力は入らず、うつ気味の気分が続いている。少しずつ休みながらでないとどうにも身体が動こうとしない。頭もぼうっとしている。だが、苦しむ妻を見ながら休むわけにはいかない。いい加減な気持ちで日々を暮らすことはできない。妻の力になりたい。役に立ちたいと思う。

妻と息子の三人家族のわが家では、私自身が本格的な司令塔を務めざるを得ない状況になっている。父親は双方ともすでに亡《な》くなっている。どちらかの父親が生きていれば、親戚《しんせき》を本格的に妻の介護に投入すべく采配《さいはい》を振るってくれたのではないかなどと考えてしまう。私と息子がより機動的に動くために、裏へまわって支えてくれただろうにと思った。私の母が懸命に頑張ってくれたが、妻を助けたいという気持ちはあれど、年齢を考えると難しかった。若い世代となる弟夫婦らも気は使ってくれたが、この年代は皆、自分の仕事を抱えている。ばりばり働いていなければならない年齢であり、自《おの》ずと限界があった。夫五一歳、妻四六歳という年齢での大病は、介護の環境としては中途半端《はんぱ》な状況だった。かくして気がつくと、妻のすぐそばに四六時中ついてやれるのは身内では私と息子の二人しかいなかった。まったく手伝い手のない状況に陥った。この状況は、いまに至るも有効な手立ての見つからぬままずっと続いている。

私がすべての「軸」にならなければ、すべてが崩壊してしまう。歯を喰いしばって耐えるしかなかった。「核家族」下の、しかも早すぎる年齢での看病・介護のおそろしさをたっぷりと味わうことになったと思った。

ところが、この時点の大変さなど、妻が家庭へ戻ってからと比べると序の口でしかなかったのだ。そのことに後で痛いほど気づくことになる。

さて、リハビリは、マヒした左腕のひじの部分の筋を伸ばすのが大変だった。

「できますか」

「やっぱり無理だあ」と妻の悲鳴が上がる。

「軽く揺すぶります」

揺すぶって固く張った筋肉を伸ばすわけだ。

もう一人のリハビリの黒田先生は、妻に「だいぶしゃべれるようになってきましたね。食事も取れるようになってきましたね」と声をかける。妻は「ありがとうございます」と応じている。

奈良医師は私に「だいぶ話すようになってきましたね。だいぶしっかり話すようになってきましたけど……ま、頑張りましょう」とちょっと口ごもりながらいった。「よろしくお願いします」といいながら、医師の「けど……」が気になって仕方がなかった。「けど、まだもう一度手術をしないといけませんね」と言っている気がする。でも、頑張るんだと自分を鼓舞する。妻に再手術の話はまだしていない。

二〇日目。

妻に「パパは人が変わった」といわれる。「大ちゃんと比較してるから分かる。目が点になっている」。そりゃ、目だって点になるさ。

病室に入ってきた元気なナースは「いじめに来ました」と冗談をいうと、妻の血圧や血糖値を測って「血糖値が高めですね。高いと脳にはよくありません。水を取らせてあげてください。ある時点までは身体が頑張るものの、いきなり熱が上がるという事態があり得ますから」と注意する。「水を取らせること」と頭の中で反復する。

常々思っていることだが、病院による家族への説明は、説明する人の個性でかなり変わってくることが多い。人間がする以上しかたがないが、それにより、家族の不安度もかなり変わってくる。オブラートに包まれたような腑《ふ》に落ちない感じを味わうときもあれば、あまりにはっきりと説明されて、ショックを感じることもある。家族は説明者の一言一言に真剣に向き合い、時には大きな衝撃を感じて身体を丸め、あるいはじっと耐えるような気持ちを味わうことが多い。

私は情報を集めて整理して視聴者に伝えるという仕事を長年やってきたので、この点が気になってしまう。できるなら、医師から説明を受けたことを、さらに噛《か》み砕いて説明してくれるような職種の人が病院にいてくれると、もっと落ち着いて話を聞くことができ、冷静な判断もできるような気がする。

セカンド・オピニオンなどではなくて、ファースト・オピニオンの補足をしてくれる存在がほしい。できる限り冷静に、客観的に説明することの難しさは医療の世界にもあると思った。

同じ日に、病室まわりを担当している職員からは、こんな説明を受けた。

「鼻に入れた栄養を送るための管を自分で抜いてしまいます。『助けて』とよく叫んでいるので、ブラックリストに載せさせてもらいました。便通はトイレに行きましたが無理です。身体がまだ左に傾く状況です。そして、まだ自分の状況を分かっていないと思いますよ」

うーんとうなりたくなるような、かなり厳しい見方が披瀝《ひれき》されたわけだ。

少しずつ前進しているように思っていたが、確かに客観的には、相当に厳しい状態だ。しかも再手術を抱えている。心にいきなりぽっかりと穴が開き、こうした事態がぐるぐると頭の中をかけめぐる。胸が痛くなってくる。

妻が自分の病気の状況が明確には分かっていないというのは、「病態失認」と呼ぶ現象だと先に書いた。自分の身に何が起きたのかを正確に把握できておらず事態を軽く受け止めるために、周囲の人々の認識とは、相当な開きが生まれる。

倒れた時には、数日後に、自宅に人を招いて食事をする約束があった。この約束をこの頃になって思い出したようで、私に「何を食べる?」と尋ねてきた。自分で料理を作る気なのだ。また、家の洗濯物がいっぱいに溜《た》まっているというと、「あとで洗ってくるからそのままにしておいて」とさらっという。病院のベッドで身動きができず、一人で立ちあがることすらできない人間のせりふとは思えない。自分は軽い病気で、ちょっと病院のベッドに寝ているぐらいに思っているのだ。

話は変わるが、便通である。これにはかなり悩まされたが、最初に妻の笑顔を生むことにもなった。

便通が大変だということを息子と話すうちに、学校での発表会で我慢できなくなったらどうするか、という話になった。

息子が「我慢する」というと、

「本番の発表会中で我慢できなくなったらどうするの？　先生、うんちが出そうですって言うの？」

「そんなことを言ったら恥かいちゃうよ」

「じゃ、なんて言うの？『一身上の都合により』っていうの？」

妻はこういうと、病院に担《かつ》ぎ込まれて以来初めての笑顔を見せた。私ははっとして座っていた椅子から腰を浮かせると「笑った！」と思った。

妻は、「emergency っていうの？　緊急事態ですって？」と続けると、私と一緒にアメリカで特派員の家族として生活していた頃を思い出して、こう続けた。「（アメリカで）トイレを貸してくださいっていったの。そしたら、emergency か？　って聞かれたのよ。そうだっていったら、どうぞ、っていわれた。そのあと"Good luck"

（幸運を）っていわれたのよ」とまた笑った。

妻の久しぶりの笑顔は若干ひきつってはいたが美しかった。

妻は続けて、病院で息子の分身として、肌身離さずかわいがっている「コンタ」という名前のブルドッグのぬいぐるみについて、コンタという名前は幼稚園の時に息子がつけたのだという私が知らなかった話を始めた。

「ところがある日、『コンタは女の子だから』って言い出したんで、みんなぶっ飛んじゃったんだ。そうか、コンタは女の子だったんだって」と懐《なつ》かしそうに話すと笑った。そうか、そんなことがあったんだ、と思った。

妻が生き抜いてくれて、話せるようになったから、私がついぞ知らなかった話を妻の口から聞く事ができるようになったのだ。ひとつひとつの話が心に染《し》みた。

前にも書いたが、妻の話をこうして文字にすると、すらすら話しているようだが、実際にはかなりゆっくりとした話し方である。ただ、この日初めて、ぶつ切りではなく会話として流れるような話し方になったことに気がついてうれしくなった。

食事は、今朝から、鼻に入れた管をやめてもよくなり、できるだけ口から食べる形に変わった。右手を使って、とろみをつけたご飯を食べ始めている。見ていると呑み込むまでが辛《つら》そうだが、そうかと聞くと「うん、辛い。おかゆみたいのがいい感じ」

という。

夜に入って、病院を引き上げようとすると、「どうして行くの？」と寂しそうだ。「夕飯を食べてくるよ」と安心させると「じゃ、ゆっくりしてきて」と気遣いを見せた。

二一日目。

本書ではすでに記しているが、「高次脳機能障害」という言葉を病院から聞いたのは、この日が初めてだった。リハビリの飯田先生が、「言葉と身体《からだ》に高次脳機能障害が見られます」と教えてくれたのだ。

この脳機能障害によって、普段は人前では心にとどめておくようなことも口から出てしまう（この症状は幸い妻には出現しなかった）ほか、昔のことは覚えているが、最近の記憶は忘れやすくなったりするということだった。妻については、左側の空間が見えてはいるが無視してしまう「半側空間無視」の状況も生まれている。

対応策として、日記をつけることや、家族が話しかけるときには、極力妻の左側から呼びかけることをアドバイスされた。

「このところ、痛かったり、機嫌が悪いと、ぽんと怒ったような発言をぶつけてくるのでびっくりさせられています」と私がいうと、飯田先生は「私も『嫌い』とかいわれていますが、頑張りましょう」と笑顔で励ましてくれた。

病院から改めて妻の再手術について説明があり、「やはり、詰めた個所のコイルがコンパクション（小さく縮まること）を起こしている。これを放っておいたままでは、日常生活を送れるような状況にはならない。幸い、動脈瘤《どうみゃくりゅう》の破れたところは、詰まっているようだ」という。

再手術について深作医師は、「常と同じように、最大の注意を払ってしっかりとやります」と約束してくれた。もちろん「万が一」の状況の話もされ、不安になるが、とにかく医師を信じて頑張るしかない。

妻は、ご飯を自分の手で器用に食べているが、スプーンでかき込むような食べ方になっているので、周囲は「ゆっくりね」とひやひやする。

見舞いに来た伯母が、良くなったら食べたいものがあるか、と尋ねると「チーズを食べたいですね」、「昼は？」「よく食べました」、「夕食は？」「もう食べられません」。

二二日目。

リハビリの飯田先生にいわれたように、昨日から、妻は院内日記をつけ始めた。買ってきた厚いノートに鉛筆で考えたことを書くように私が求めたのだ。

妻は書いた。

「みんなが来てくれる。私はなんて幸せ者なんだろう」

縦に文字を書いている。読めるものの、ひと文字ひと文字はノートに印刷された罫《けい》をまたいで斜めに斜めにと流れていく。妻は絵も描いてみた。これまではなかなかシンプルで味のある絵を描いていた妻であったが、いまは見え方に問題があるようで、ひとつの形がきちんと像を結ばず、何を描いているのかわからない絵になってしまう。

私は父のことを思い出していた。

私の父は、仕事を引退した後は、絵描きとして頑張っていたが、脳梗塞《のうこうそく》を患《わずら》ったあと、その大好きな絵が描けなくなった。像を結ばないのである。半側空間無視により、父も左側の空間が認知できなくなり、病院のベッドでスケッチしたナースの顔は、すっぱりと左半分が欠けていた。父はそれまで、女性画を描き続けてきたが、はたからは、それが無理となったことが、痛いほど分かった。

そこで私は、なおも絵を描くという父に、もう絵は上手《うま》く描けない。せめて女性画ではなくて、静物画とか風景画とか、別な絵を描いてはどうか、と迫って、父をいらいらとさせた。それだって、本当のところは描けなかったのだが、「描ける」「描けない」のやりとりは、父に絵を諦《あきら》めろと引導を渡した格好になった。

父は、急速に老《ふ》け込んでいった。

私は、父が亡《な》くなったあと、いろいろ考えるうちに、私のしたことは、まったくの誤りだったと後悔するようになった。

絵を、それも女性画を描いて貰《もら》えばよかったのだ。描ける描けないの判断は、父に任せればよかったのだ。描きたいように描かせれば良かったのだ。そうすれば、いずれは絵を描くことが、たとえば絵を見る楽しみに変わったかもしれないではないか。父から絵を奪う権利は私にはなかったのだと反省した。そのことがあって、私は妻にはこの誤りを二度と犯すまいと考えていた。

妻には、ビスクドールを作るという趣味があった。ビスクドールとは瀬戸物の人形のことで、妻は、オリジナリティーも加えながらおよそ百年前のアンティークドールを再現していた。妻の腕前は趣味の域を超えており、「ミリー賞」という国際的な賞を取り、展示会を開いたりもしていた。そのビスクドールを再び作るのは難しいだろう。

それでも、私はそのことを妻に指摘するのはやめようと思った。言ってどうなるものでもないし、自然に任せて、落ち着くところに落ち着けばよい。もし、将来、少しでも人形作りができれば、それは素晴らしいことである。亡き父が、妻の今回の病気の教師役として、しっかりと私を導いていた。

妻は、ノートに「Thank you very much　パパ」と書いてくれる。私はそれを見て「頑張っていこうね」と心の中で返す。

笑顔も頻繁に見せるようになった。英語の歌をちょっと歌いながら「歌を暗記するのって英語の力になるよ。歌であっても文法的にちゃんと英語になっているのね」などという。

　妻と息子の会話。

「ママが変だといやでしょう。早く元気になって欲しいでしょ」

「いいんだよ。これまでがまんしちゃってたし」

「大人だねえ。パパより大人だ」

私が「本当だな」というと、妻はあきれたように「認めてるよ」。

息子が「認めちゃっていいの？」。

「パパまた泣いちゃうしね」

息子はあきれて「どんどんいわれてるよ」。

リハビリの先生たちの懸命な努力に支えられて、妻は懸命に頑張っている。左を見る練習。歩く練習。マッサージ。車椅子《いす》への乗り方が変わった。介助者の肩を持たなくても、介助者が妻の腰をしっかり支えていれば、車椅子の一方の取っ手を持つだけで「よいしょ」と声を出して身体を移すことができるようになった。

私が電話で近況をやりとりした、ごく親しい妻の友人の話になった。その友人は、妻の容態を伝えると「あの元気な彼女が」と電話口で泣き出してしまったのだ。「彼女は私の第一の親友なんです」と言ってくれた。その話をすると、妻も「私のことを『第一の親友』って言ってくれたんだね」ととても喜んだ。それから、「（亡くなった）お父さんが、（私の病気のことを）聞いたら、なんて言うかなあ、って思っちゃう。大ちゃんのために、リハビリを頑張れって言うだろうなと思うの。息子を両手で抱っこできなくなるぞって」

こう言われると、私はまた「泣いちゃう」のである。

二三日目。

車椅子からベッドへの移動の仕方が上手くなる。

車椅子での座り直しができるようになる。ベッドに寝ている際も、自分でベッドのマットを右足で蹴《け》って、ベッドの上方へずり上がっていくことが可能になる。これで、同じ姿勢をとり続けることで同じ箇所に体重がかかり、痣《あざ》ができて膿《う》んでいく褥瘡《じょくそう》を避けられそうだとほっとする。

そして、左足の足先がぴくぴく動くようになった。まったく動かせなかった足先がぴくぴくするのを見たとき、私は息が止まりそうだった。これを誰かに教えると動きが止まってしまうかもしれないと考えながら、しばらくの間、黙って見ていた。せっかく戻ってきた足を、再び失いそうでこわかったのだ。

足先は妻の意識とは無関係に動いているようだった。忘れたころに思い出したようにぴくぴくするのを繰り返す足をずっと見ていたら涙が出てきた。

私がこの日病院へ着いて、すぐにリハビリ室に行くと、妻は一生懸命歩いていた。装具をつけて歩く練習だ。本当に頑張っていた。腰まである長くがっちりした金属製の装具をつけた足で、一〇メートルぐらいの短かい距離をゆっくりゆっくり二往復して息を弾ませ、器用に車椅子に座る。飯田先生が車椅子に座ろうとする妻をすっと手助けする。

試していただけると分かると思うが、人を車椅子に座らせるというのは、たいへんな重労働だ。私は亡き父の闘病生活の際に、ベッドから車椅子への移動と車椅子からベッドへの移動を経験したが、ちょっとタイミングを間違えると、相手の身体がのし掛かってくる。腰を痛める危険性もあるし、ひとつ間違えば、共倒れでけがをする事態にもなる。

さすがにベテラン。飯田先生は、半身マヒの人を車椅子に座らせる絶好のタイミングを心得ていた。

それにしても、高齢化が急速に進む日本において、なぜ子どもたちに「老人との接し方」や「介護教育」を小学校時代から教えないのだろうかと思う。

人を車椅子からベッドに移したり、ベッドから車椅子に移すやり方を学校で授業の一環として教えれば、子どもたちは高齢化社会に生きる重みを身体で知るだろう。社会の一員として生きる責任感を感じることだろう。

それが避けて通れないものである以上、国民ひとりひとりが、高齢化社会を身を以《もっ》て感じ、介護を実際に経験することが必要だ。そしてその入り口は、子どもたちへの教育だと思う。高齢化社会を支えるために若い人の税負担が増える、といった話ばかりでなく、教育のことを話し合うことも大切ではないか。

この日、妻は、車椅子に座ると、帽子を取り、お辞儀をするような仕草を何度も繰り返してみせる。

実は息子が幼稚園の時に、サーカスの団長さんがかぶっているシルクハットを取ってお辞儀する仕草をテレビかなにかで覚えて、両親にやってみせていたことがあった。

妻はこれを再現して、手足のリハビリの課題がひとつ終わるごとに、右手で何度もこの仕草を繰り返し、そのたびにリハビリ室のお医者さんや患者さんから盛んな拍手を浴びている。

厳しいリハビリに苦しむ人々の顔が、笑顔に変わっている。すごい、と思う。

血圧は上が一五〇ちょっとで、下は一〇〇ちょっととやや高めだ。本人が、これからは高血圧の薬を飲まないと、といわれたそうだ。体温は平熱。

息子が、母親のリハビリも兼ねて、国語の教科書を読んでみせる。夏のキャンプ場で起きた冒険の話を途中まで読んで聞かせる。

「面白かった。続きが聞きたいです」といった妻は、「キャンプから無事帰れるの？」と聞いたあと、自分に言い聞かせるようにつぶやいた。「帰らなきゃ。サバイバルだから」。

二四日目。

再手術は明日に迫る。私はここ数日、のどがからからに渇き、頭が重い。緊張という鉄の縄で心をぐるぐる巻きにされたようだ。

妻が「俳優の長塚京三《きょうぞう》に似ている」という奈良医師からは、「もう一度、コイル塞《そく》栓《せん》法でこぶの隙間《すきま》を詰める」といわれ、コイルの実物にも触らせてもらった。糸のように細いビニール状の束だった。

手術に問題がないわけではなかった。最初の手術で詰めたコイルが邪魔して、追加するコイルが入らないという懸念《けねん》もある。その場合は開頭することになるが、バイパス手術をしているのでなるべく開頭は避けたい、ということだ。聞けば聞くほど、不安で押しつぶされそうになる。

結局息子には、妻の明日の再手術について、簡単に説明した。息子は驚くほど冷静に受け止めた。今回の事態の中で、息子の冷静さが光っている。

看病の合間にプレイステーションのゲームをのめり込むようにやっていて、奈良医師から「プレステをやっている場合じゃないよ」と言われたりもしているが、息子にも気持ちを落ち着ける何かが必要なのだと思う。

病院の食事。朝。ヨーグルトにバナナ、ゆで卵、おかゆ、お肉のそぼろ、海苔《のり》。昼。ヨーグルト、バナナ、インゲンの茹《ゆ》でたの、おかゆ、野菜の煮物に、トマトの刻んだの。いずれも一〇〇パーセント食べたそうだ。

お昼すぎに病室へ行くと、天井に今年七月に自宅で亡くなった愛犬のシェリーが見える、と涙ぐんでいる。息子が、「ママどうしたの。頑張って」と力づける。

妻は、患者の身の回りを担当する楠瀬《くすのせ》さんに、ベッドの上で身体《からだ》の向きや寝方がおかしくなった際の直し方、一人で身体をベッド上で引き上げる方法、着用している寝間着の直し方などを教わる。

息子が落ち着かない様子なのに気づき、「大ちゃんを泣かさないように」と私を叱《しか》る。

それから、ひとしきり、動物の肉球の話となった。「一度、上野動物園に行ったときに、ライオンが寝ていたの。肉球に触ってみたかった。私、肉球愛好家だから。小犬の肉球だけ集めた写真集があるのよ。楽しいよ」と笑う。

夕方になって、妻が「明日、検査と手術があるといってた」と「手術」があることを聞いたと話してくる。私は「そのようだね。大丈夫だよ」としかいえなかった。

妻は、そのあと、ふと思い出したように息子のことを口にして「私とあなたとどっちに似たんだろうね」と聞いてくる。

「あなただよ」

「そうかなあ」

そしてまた黙ってしまった。

この晩は、いつにもまして、病院を離れがたかった。妻の顔を何度も見て、ようやく思いを断ち切るように「また来るよ」と声をかけた。明日は再手術だ。

五　再度の手術

私は、妻の再手術は午前中だと思っていた。

院長から「定時にやります」と聞いたときに、そう思いこんだのだ。前夜は眠れず、明け方眠ったと思ったら、目が覚めたときはすでに午前一〇時を回っていた。

しまった。手術は始まってしまったか、と思った。「連絡もないし、無事なのかしら」と考えながら、不安な思いのまま出かける準備をした。

昼過ぎ、連絡がないから無事に終わったのだろう、などと考えながら、自宅を出て病院へ向かって息子と歩いていると、携帯に電話が入った。

電話の主は病院のナースで「いま、どちらですか。あと何分ぐらいで着きますか」と慌《あわ》てている様子だ。あわてて「手術の関係で何かあったんでしょうか」と聞くと、「いいえ。確認だけです」と要領を得ない。「一〇分で行きます」と言ってタクシーを飛ばしたが、息子と二人、タクシーの中で「何か起きたのだろうか」と不安が広がる。

息子は手を合わせてじっとお祈りをしていた。

病室の前に駆けつけると、妻がストレッチャーに乗っている姿が見えた。なんと、手術はこれからで、病院側が手術前の妻に会えるよう、待っていてくれたのだった。私は拍子抜けしたような、あらためて緊張が広がるような、妙な気持ちになった。「検査するの。手術もするって」という妻に、あわただしく、「頑張れよ。大ちゃんもいるし」と声をかけた。妻は、「一緒に行く?」と尋ねてくる。

病院の職員が妻を迎えに来て、「しばらく麻酔でお話ができないので、医師たちが、ご家族に、御懸念無きよう会っていただこうということのようです」と教えてくれた。

妻は、右手をバイバイとふりながら、エレベーターに消えた。

一四時半から始まった手術は、一六時半頃までかかった。私は、碑文谷病院の四階のベランダから見えるサレジオ教会の十字架に、妻の手術の無事を祈り続けた。息子は落ち着かなげに、大島弓子の『グーグーだって猫である』というマンガの頁《ページ》をめくっている。

一六時半頃。病院の受付ちかくで落ち着かなく座っていると、手術室に入っていたベテランのナースが、誰かに「終わった。いまCTを撮ってる」という声が聞こえた。

その声の明るい感じに「あっ。大丈夫だったな」と思った。

妻が病室へ戻る前に、奈良院長と深作医師の二人から話を聞くことになった。深作医師は、開口一番、「予想通り、なかなか難しいところのある手術でした」といわれた。「以前に入れたコイルがコンパクションを起こして邪魔をし、もう一度新たにコイルを入れるのが難しかったんですが、なんとか入りました。現在は血小板の機能を抑える薬を投与しています。今後も血圧の管理と薬を飲むことが必要です」。

血小板の機能を抑える「抗血小板薬」は、一言でいうと血液をさらさらにして血栓をできにくくする薬である。これによって、足や心臓などの血管にできた血栓が脳へとび、脳梗塞《のうこうそく》を起こす事態を防ぐ事ができる。妻にとっては大切な薬となった。

医師らはまた、今後は正常圧水頭症という、脳の水はけが悪くなる病気に注意をするように求めた。高次脳機能障害の克服やマヒを治すため、今後は、転院をしての本格的なリハビリが必要だが、脳の機能が落ちて水頭症と判断される事態になったら、碑文谷病院で処置するともいわれた。

奈良医師は「まず大丈夫だと思う」とおっしゃった。今後一年に一回は定期的な検査が必要であり、お酒やタバコは御法度《ごはっと》となる。睡眠も十分にとって、規則正しい生活をするように、ということだった。

おしまいに、深作医師が、「手術をお待たせしたのは申し訳なかったですね」といい、私は改めて先生に握手を求めた。

その後、妻と会った。これが小説だったら、妻が私に微笑《ほほえ》んでみせ、「よく頑張ったね」と手を取り合って喜ぶのかもしれない。しかし、手術後の妻は、病室の外にも聞こえるような大きな声で「痛い。痛い」と泣き叫んでいた。大腿部《だいたいぶ》からカテーテルを入れたわけだが、その麻酔が切れると激しい痛みが生じる。動脈に穴を開けたので、そこから出血しないように、穴を開けた部分に砂袋の重しを載せて止血している。

最初の手術の際は、本人に意識が無くて痛い思いはせずに済んだが、今回は違った。しかも、足を動かすと再出血しかねないということで、術後六時間余り、家族や親戚《しんせき》で、あまりの痛さになんとしても動かしたいともがく妻の足をかわるがわる押さえつけ続けた。

医師らも、何回か術後の様子を見に来てくれたが、そのたびに妻は「もういいですか、足」と懇願する。「足を立てかけたいだけ」と訴えている。それを家族が「もう少しだから」となだめすかす。

起きて水を飲みたい、身体《からだ》の向きをかえたいと懇願する妻だが、もちろんそうしたことは認められない。「我慢して」「もういやだ」を繰り返しながら、私たちは深夜まで、妻の足を押さえ続けた。

息子には、これできっと命は救えることになるよと話した。お母さんの身体や頭に起きたことを、リハビリして復活させていくことに力を尽くそう。家族の絆《きずな》を大事にしよう。こう話すと、息子は泣いた。ほっとしたのか、これからのさらに大変な日々を思ってか、尋ねる勇気はなかった。

翌日。奈良院長は、朝から手術が重なっていた。当初の予定では、これから入院することになる回復期リハビリ病院への移動の話を詰めることになっていた。

現在の健康保険法では、病を発症した当初に急性期の病院にいられるのは最大で一ヶ月程度となる。それを超すと、病院が受ける診療報酬がマイナスに転じてしまうため、患者は、回復期医療の病院へ転院を余儀なくされる。この法制度は、質の高い医療を迅速に効率的に提供するメリットがある、という建前だ。だが、私は「効率的」という言葉ほど「胡散臭《うさんくさ》い」言葉はないと思う。医業はいつから「算術」になってしまったのか。「医は仁術」という言葉を、こうした「効率」をうんぬんする厚労省の官僚の机に一枚一枚貼って、毎朝一〇〇回お題目として唱えさせたいくらいだ。

この制度下では、患者の家族は苦しい淵《ふち》にある患者を必死で介護しながら、同時に次に患者を移す病院を考える離れ業を要求されるのだ。そんな時間はないに等しい。この段階では、患者にはケアマネジャーのような人もいないことがほとんどなのだ。

幸い、妻の入った病院は、病院事務の方々などが私たち家族の先行きを親身に考えて、アドバイスして下さったから助かった。それでも私は、妻の介護の合間に時間を作り、子どもと二人で三ヶ所ほどの病院を歩いて回り、次の病院を決めた。その経験からも、診療報酬で病院を脅し、患者を犠牲にしてでも「効率」を追求するような制度は、即刻かえるべきだと思う。

転院の話は、翌日以降に話を詰めることになった。

妻はリハビリ室で、0から9のカードを使って認知度の試験をしたり、平行棒の間に立ってゆっくり二往復する練習をする。妻は若干いらいらしていて、外野があれこれいうのには「うるさい」「もう来なくてもよい」と言い返したりもする。

私は、この日、死んだ愛犬シェリーのブリーダーのNさんに電話し、ここまでに至る諸事情を説明した。親しくしていただいていたNさんは、妻からの連絡がないことを心配してお手紙を下さっていたのだ。

その会話の中で、Nさんが一〇年前にくも膜下出血を発症していたと分かり、いまはお元気と聞いて心強く思った。また、シェリーの母親はすでに一五歳になるがまだ元気だということだった。「シェリーちゃんに似た子もいるから、また飼ってやって下さい」といわれる。この話を病院でしたら妻は大喜びしていた。

二七日目。

私は、たまった疲れがでたのか、頭が少しくらくらする。身体にも力が入らない。疲れが身体を締め上げている感じだ。そういう時は、妻の直面した困難を思えばこんなことはなんでもないと考え直す。少し気持ちが整ってくる。

しかし、いつものように病室を訪れた私は、部屋の扉を開けると、思わず息が止まるような光景に直面した。

妻は、ベッドとそのそばにある車椅子《いす》の間に両足を落として、上半身はベッドの上に乗った形でもがいていた。まったく身動きがとれないようだった。

「いったい、何したの」と大声で尋ねる私に、妻は「ちょっとそのあたりを整理しようと思って立とうとしたの。そしたらはまっちゃった」と説明した。病態を失認しているので、立って室内をかたづけられると自分でそう思いこんだらしい。話から、かなりの時間一人でもがいていたらしいことも分かった。

幸いにも頭は打たなかったようで安心した。ナースを呼び、私も手を貸して妻をベッドの上に引き上げた。右目が少し赤いのが気になるが、大事には至らなかったようだ。

今後飼いたい犬の話をしているうちに、妻もそして私自身も落ち着いてきた。

妻は子どもの頃から室内犬を飼ってきた。私と一緒になってからは一時途絶えたが、アメリカへ転勤し、一年したところで、チャッピーというオスのポメラニアンが東京からやってきた。特派員の仕事がますます忙しくなり、私が自宅にいられるのが月の半分程度となる中で、ひとりぼっちで車も運転できず、英語もまだうまく話せなかった妻の支えにと考えたのだった。妻が結婚前に一緒に暮らしていた犬で、室内犬は初めての私もすぐに仲良くなった。

チャッピーは、家族の一員として、このあとニューヨークやパリ、ロサンゼルスなどに旅した。犬としてはかなり立派な旅行歴といえよう。アメリカやヨーロッパは、犬の出入りが容易だったことや、ひとつの旅客機に二匹までの犬が、乗客と一緒に機内に乗せられるという環境が、幸いしたのだった。

帰国時、日本の厳しい検疫《けんえき》を前にして、チャッピーが一匹ではかわいそうだと考え、ウエスト・バージニア州のブリーダーからメスのポメラニアンのホリーを買った。二匹は、その後東京でも元気に過ごしていたが、高齢でまずチャッピーが亡《な》くなった。ホリーが亡くなったところで、私たちは三匹目のポメラニアンとなるシェリーを飼うことになったのだが、そのシェリーは、何度か書いたように、この夏に自宅での事故で亡くなっていた。

「シェリーが死ななければ私は病気にはならなかった」という妻は、元気になったら、こんどはパグを飼いたい、と夢を膨らませていた。

私も妻が元気になるなら、どんな犬でも飼ってあげたいと考えた。

妻はのちにこんな話をした。

「次に飼う犬は、きっと、フルーツを入れる手つきのカゴにバスタオルを敷いて、手のところに大きなリボンをしてプレゼントして。そういうのが夢だったの」

妻が元気になっていったのとは対照的に、この頃から息子の落ち込みが大きくなった。

さすがに、連日、妻の容態に引きずられるように気持ちが上がったり下がったりする日々は、子どもの心に深い傷を負わせていたと思う。「子どもは学校にやって他の子どもと一緒に遊ばせるのが一番だ」というご意見を何度となく聞いた。この意見は一理あると分かっている。ただし、学校へ行かせておけばすべての問題が片づくわけではなかった。

大好きな母親が、深い傷を負って病院にいる。自分はそのそばに居ることができないというのは、学校へ行く利点をはるかに上回るストレスになりうると考えた。また、子どもをサポートする家庭内の体制がうまく作れない以上、介護をする私の手元に息子を置くしか手がなかったのも事実である。

この日は、亡くなった私の父の思い出を病院へ通うバスの中で話しているうちに、息子が突然泣き出したのに驚かされた。涙がぼろぼろこぼれる。「なんで泣くんだい」と聞いても「なんでもない」というばかりだった。あとで、「おじいちゃんを思い出したから」といっていたが、その通りだとは思えなかった。確かに、息子は疲れ果てていた。

二八日目。

病気の発症から実に四週間が経《た》った。

この日私は妻の車椅子を押して、わずかな時間ではあったが、妻が入院してから初めて、病院内を見せて回った。

「ここが受付」。受付の脇《わき》のソファーは息子のお好みの場所だ。「ここのソファーで座っていることも多いんだ」、「ここが最初に入った集中治療室だよ」。

奈良医師は、「奥さんはちょっとイライラしておられるようだから、気分転換に外を車椅子で散歩させても良いですよ」と許可してくれていたが、なかなか外出までは踏み切れないので、まずは院内探検からという気持ちだった。

ここのところ、私は病院内で妻のリハビリ訓練に積極的に参加するようになっていた。

リハビリの時間、リハビリの先生たちも妻も、そして私も真剣だ。妻をこの苦しみの状態から少しでも救い出したい。足に装具をつけた妻を、リハビリ医が抱えて立たせて歩かせるとき、私も妻の身体を支えた。

私はこの日は少し遅れて行ったので、リハビリの飯田先生は「支えてくれる人（私のことだ）が来なかったので、きょうはバランスを中心にやってました」といった。

そう、私は妻の支えになっていた。なんと嬉《うれ》しいことだろうと思った。

六　次のステップへ

「お痩《や》せになりましたね」

一ヶ月ぶりに訪ねた自宅近くの私の主治医は、私を一目見るといった。日々、食事も満足にのどを通らない状況の中で、私は五キロ以上痩せてしまっていた。

主治医は、私を診察しながら、妻の今後について「高次脳機能障害に対応できる医師は限られていて、治るのには時間がかかると思います」といった。

妻を碑文谷病院から、回復期を診る病院へ移すのが次の課題だった。倒れる前の妻であれば、てきぱきと病院のリストを作り、リサーチをかけて、それぞれの長所と短所を分析し、どの病院へ移るかを決めたことだと思う。その役割は、いまは私に預けられていた。

この転院は一苦労だった。なにせ情報がない。まずは「急性期」とはなにか、「回復期」とは何かから、勉強する。

私は数日の間、病院内外の何人もの人をつかまえては雑談し、夜中にネットで調べて、次に妻がどういう病院へ通うのが良いかを調べ続けたが、たいした情報は得られなかった。ただ、「帰宅率」というものがあって、病院から歩いて退院する患者の数がグラフになっており、この率の高い病院を選ぶのが良さそうだと思った。もちろん、高次脳機能障害への対応がしっかりできる病院であることも大切な要素だった。

前にも書いたが、私は、候補となっている病院を息子と訪ね歩いた。ある病院は、病院としても大きく、リハビリ科もしっかりしていると評判であったが、しばらく病院内を歩いてみると、そこのリハビリ科は、病院の中の一セクションとして存在しているとしか感じられなかった。「病院のリハビリ科」と「リハビリ病院」は、根本的に違うのではないか。直感的にそう思った。

もっとも、リハビリ病院は、なかなか空きが出ないことに加え、部屋代が破格に高く、家計的には苦しい事態に陥ることが目に見えていた。

私の中で大きな迷いが生じたが、その時、碑文谷病院のある職員の方から「私がいま大病院のリハビリ科へ行けと言われれば行くけれど、奥さまのように私より二〇歳若かったら、リハビリ病院へ行きたいと思うでしょう」とアドバイスされた。この言葉に背中を押してもらい、リハビリ専門病院へ転院させることを決断した。

高次脳機能障害を専門とした医師がいることも、リハビリ病院を選択した大きな理由であった。さらなる道が開かれる可能性があると考えたのだ。

妻は、一ヶ月を過ぎたこの頃から、感情が落ち込んで大泣きをするようになった。大泣きという表現ではやわらかすぎるほどの激しい泣き方である。あまりの泣き方に、当初は、何か起きたのかと動揺した。

普段の時間よりちょっと遅れて病院へ行くと、「寂しかった。早く来てくれないとダメじゃない」と泣いて訴える。大きな傷を負ったことが分かるようになり、今後の先行きが見えず、不安が広がっているようだった。

最初の大泣きには、病室へ入っていったところでぶつかった。「どうして泣いているの？」と尋ねると、「お父さんがそこの椅子に座っていて、大丈夫かといった。それを聞いたらほっとした」と、泣きながら言う。亡くなった義父の姿が見えるとは尋常な話ではないが、脳を病んだ患者にこうした幻視が起きるのは、よくあることらしい。

この幻視は、転院後もかなり長く続いたが、ある日「父が亡くなっているという事実を考えるとあり得ないことだと分かり、そうしたら見なくなった」といって、それ以降は、幻視はなくなったようだ。

とにかく、その日は、ものすごい泣きっぷりだったので、抗うつ剤が抜けたのだろうかと思った。

体温調節も上手《うま》くいかないようで、急に熱くなったり寒くなったりする。

水は依然飲めないが、とはいえ水分を多量に摂取することが大切なので、「ごっくんゼリー」というチューブに入ったゼリー状の飲み物をよく口にした。この飲み物だと誤飲することがなく安全なのだ。しかも味がついているので、続けて飲んでいても飽きがきにくい。妻は、特に「お茶味」が気に入っていた。私も試しに飲んでみると、かなり粉っぽくはあるが、それでいてお茶を飲んでいる気分が味わえる。不思議な飲み物だった。

病院では、苦しい日々の中にもユーモラスな事態も起きる。

妻がぬいぐるみのコンタをかわいがっていることは書いた。このコンタを、リハビリのあるときにはリハビリ室まで一緒に連れていくのが日課となっていた。ある日、いつものようにリハビリを終えて、飯田先生が車椅子を押して病室まで帰ってきた。ベッドに移ろうとすると、コンタの姿が見えなかったそうだ。

「その時、飯田先生が叫んだのよ。『大変だ！　コンタがいねエ！』って」

「松本さんがまた落ち込むぞ！」ということで、大あわてのスタッフたちが手分けしてコンタを探してくれたそうだ。

「病院中大騒ぎになったの。結局、リハビリ室にいたんだけど、飯田先生のあわてぶりがおかしかったわ」と、妻は笑いが止まらないようすだ。

飯田先生は「ぼく、『コンタがいねエ』なんていいませんでしたよ」と否定されたが、なんとなく、このべらんめえ口調が飯田先生にぴったりで、私も笑ってしまった。

この「コンタがいねエ」という言い方は、その後も何度か話題に上った。ある日、私が頼んだ用事を息子がうまくできずにいたのを妻の前で叱《しか》った時に、妻は私に、こう小言を述べた。

「大ちゃんにはまだできないことがある。だから、大人みたいに使っちゃダメ。病院内では大ちゃんには氷枕《こおりまくら》を管理して欲しい。あと音楽をかけるBGMの係ね。あとママがはいでしまったときにお布団《ふとん》を掛ける係。そして、『コンタがいねエ』といったときに、コンタを探す係」

妻はリハビリ室では人気者となっている。例の、サーカスの団長がシルクハットを取って観客に挨拶《あいさつ》するやり方をしてみせて笑いを取っている。ただし、「サーカスの……」という説明は、いつの間にか、浅草の浅草寺《せんそうじ》で、焚《た》かれた護摩《ごま》の煙を頭にかけて無病息災を祈るポーズという話に変わっていた。

病院は、相変わらずせわしない。

次々と急患が入ってくる。「業務放送いたします。一五分後に救急車が入ります」というアナウンスが毎日一回は流れている気がする。窓を少し開けているとサイレンの音が近づいてきて止まる。また、命が新たな戦いを始めようとしていると思う。次々と運び込まれてくる患者さん達の中で、妻もいつの間にか古株となっていた。

少しずつ周囲の状況や自分の置かれた立場を分かるようになり始めた妻は、先に書いたように激しく泣いて「私はもうひとりぼっちなんだ」と訴えたりもした。そんなとき私は、こちらも泣きたいような気持ちになりながら必死で妻を励ました。泣くな。そんなことはない。一緒に頑張ろう。

リハビリは立つ練習。

ある日、杖《つえ》で補助しながら、利《き》き足となっている右足を上げたのには息をのんだ。すごいね、よく左足で立てるね、という感じだった。感覚が弱くなり、妻の表現では「身体《からだ》からぶら下がっている感じがする」という左足だけを支えにして立っているということは、空中に浮いているようなものだろう。よくそんなことができるなと思った。

杖をついてゆっくりと歩く練習。杖なしで立つ練習が続けられた。

倒れてから、実に四〇日あまりが経った。二〇〇八年の元日を病院で迎えた妻を、朝、いつものように息子と一緒に看病にいった。病院は、待合室に置かれた鏡餅《かがみもち》が正月気分を出しているだけで、ひっそりと静まりかえっていた。妻はベッドの中からいつものように「寂しかったよ」といった。

しばらくして奈良院長が姿を見せると「社会復帰できるよ」と、私たち家族を励ましてくださった。

「去年グレード5で治療ができた三人のうちで一番元気だ。意識もしっかりしている。本来、松本さんは相当に一生懸命きっちりやる女性だと思う。最初のうちはぼうっとしていたけど、受け答えもきちんとできるし、昔のことはまったく問題なく話せる。

最近のことはまだ整理できなくなることがあるようだけれど、大丈夫、社会復帰できますよ」

そして、こう続けた。

「元の生活に戻すということを一生懸命に考えてみてください。生活を変えるのでなく、元の生活に戻すにはどうしたらよいかを考える。元の生活に戻すことが大切です」

私は、院長の口から「元の生活」という言葉が出たことを強く意識した。

院長は、いつものすくっとしたような真《ま》っ直《す》ぐな物言いでこうもいった。

「ぼくは医師になろうと思う前はなにも勉強をしてなかったけれど、医師になろうと決めた後はひとつずつ階段を上がったんです。人は本当に一生懸命になれば何でもできます」

本当に一生懸命になれば、元の生活に戻すことが可能かもしれない。去年の一一月までは、夫と妻と子どもが、それぞれの持ち場を守って、「普通の家族」として生きていた。遠い将来のことかもしれないが、再び「普通の家族」として「元の生活」を送る。

そこにいたるまでがどんなに困難な道であろうとも、泣きたくなるようなできごとがたくさん起ころうとも、いまの家族の結びつきがあれば、それができるかもしれない。

元日の朝、私は、今年の最初のテーマは「復活」だと思った。

第二章　「復活」にむかって

一　回復期病院への転院

「考えたけれど、奥さんは仕事もした方がいいですよ。他人がいう話ではないかもしれないが、頑張ればできるよ」

碑文谷《ひもんや》病院からの転院の日、奈良《なら》医師は、妻がくも膜下出血を発病する前までは、ビスクドールと呼ばれる西洋人形を作ってきたことに触れて、たとえ妻の片腕がうまく動かなくなっても、人形作りに打ち込むことはできるだろう、といってくださった。だが、それがどんなに大変なことかは、医師も私も心の奥底では分かっていたと思う。だが、妻の将来は妻自身に切り開かせるべきで、私はそれを懸命に支えたいと思っていた。

倒れる前の妻の生活を彩《いろど》っていたのが、ビスクドール作りだった。

妻の人形作りは、趣味の域を超えていた。私たちのワシントン生活時代に、ふとしたことからビスクドール作りに目覚めた妻は、帰国後、教室にも通い、めきめきと腕を上げた。始めてからわずか一年目で、ミリー賞というビスクドール界で世界一の賞を受賞した。これが励みとなり、妻はますます人形作りにのめりこんでいた。

「人はセンスを磨かないといけない。それがあなたと他の人の人生を分ける」といわれたのは、私が大好きだった映画評論家の淀川長治《よどがわながはる》さんである。淀長《よどちょう》さん、といってもいまの若い方々には分からないかもしれないが、テレビで放映する映画の時間には、かつては映画評論家が、映画の始まる前と終わった直後に解説をつけていた時期があり、淀長さんは、そのテレビ映画解説のはしりだった。

私は、若いころ、東京・港区の日本自転車会館でやっていた「映画友の会」に月に一回通っては、淀長さんお得意の人生訓話に耳を傾けた。そして、センスを磨くことの大切さを教わったと思う。生まれつき器用な人とそうでない人がいるように、生まれつき足の速い人と遅い人がいるように、生まれつきセンスの良い人とそうでない人がいる。

センスが良くなければ、磨けば良いわけで、私は苦労してセンスを磨いている人間だが、うらやましいことに妻には、持って生まれたセンスの良さがあった。結婚したては、自宅の飾り付けや、調度の数々などに、そのセンスの良さが発揮されていた。

それが、人形作りで花開いたのだ。

一体一体の人形に、温かさや優しさがあり、しかも奇をてらうのではなくて、堂々としていて、センスが良いのだった。

妻は、自宅に作業場を作り、膨大な時間を費やし、細かい手作業を続けて、人形たちを生み出していった。倒れる直前も、近々展示会に出す予定の人形の最後の仕上げに励んでいたのだった。徹夜を何日も続けての細かい作業は、ひょっとしたら、この病の遠因となったかもしれない。文字通り、命を削って励んでいたといえそうだ。

なんとか、ビスクドール作りの世界へ戻るか、形を変えた何かに挑戦して新たな世界を切り開くか、それがどれくらい先に具体化するのか、この時点では、なにも分からなかった。分からないから、希望を持つことができたともいえる。

転院直前、妻は気持ちが落ち込むことが多くなっていた。

朝、普段より遅くに病室をたずねた時など、「待っていた」と泣く回数がぐっと増えた。「来るよ。心配しなくてもいつも来るじゃないか」と答えながら、涙でくしゃくしゃの妻を見ると、少しずつ自らの病態、どんな傷を負ってしまったのかへの認識が生まれていることを感じた。

そして、それは、毎日のように打ち込んできたビスクドール作りが、今後はかなり困難になってしまったと自覚する瞬間を生むことを意味していた。

繊細な人形を一体一体完成させていく作業の、目もくらむような壁の高さを妻が完全に理解したとき、息子と私は、妻の落胆をどう受け止めて、いかにそれを正のエネルギーに転化できるのか。これはこの先、大きな課題になりそうだった。

さらに、言うまでもなく、妻にとっては、家庭での司令塔の立場をひとりで続けることが困難になった。今後どこまで回復できるかはぼんやりとしており、妻が日常生活のなかで辛《つら》い思いを味わう懸念《けねん》もあった。それは、妻の言い方を借りれば、「大ちゃんを二度と抱っこできないんだよ」という辛さであった。私は、息子とともに司令塔の役割も分かち合って、なんとかこの難局を乗り越えていくしかないと腹を括《くく》り始めていた。

妻の身体《からだ》はといえば、年が明けて、左腕の拘縮が強くなり始めていた。脳に関することでは、「ちょっと疲れた」と頻繁にいうようになったり、日付の感覚がやや混乱するような様子が見られるのが心配な点だった。

ただ、一方ではぽんぽんとした物言いをするので、これならまあ大丈夫かなあと考えたりした。この「どうかな？」と「大丈夫そうだな」のバランスが、日によって大きくぶれる。

気分の良い日、妻は息子と病室で、しりとり遊びを楽しんでいた。妻はベッドに横たわって、息子は、そばのパイプ椅子《いす》に腰かけていた。

「すいか」という息子に、

「か……か……あの、刺す蚊」

「カメラ」

「雷魚」

息子が「魚類」。

「いたち」

息子が「血！」。

そこで、妻は「ちっ！」と舌打ちしてみせ、二人で大笑いになった。こんな様子を見ていると、妻の知性がきちんと息づいている感じで、ほっとさせられた。

ベッド上での移動などは、病院スタッフの楠瀬《くすのせ》さんの丁寧でやさしい指導のおかげで、実にスムーズにできるようになり始めていた。楠瀬さんは、私にも、本格的な介護のやり方のイロハをいろいろ教えてくれた。

ベッドに寝ている患者を、介護者が一人でベッドの上方に引き上げる方法。寝ている患者の服の乱れを、患者を寝かしたままで直す方法。一人だけで患者を車椅子へ座らせる方法。

いずれも、介護をする側が、無理な力を入れずにこなすのがポイントだった。そうでないと、肩や足腰を痛めることになる。介護を専門にしているヘルパーさんには、腰痛の人が多い。そうならないように、ゴムのバンドを腰に巻いて介護をする人も多いという。

私も、ゴムのバンドを腰に巻いて、妻を練習台にしながら、介護される側も介護する側も気分よく向き合える、さまざまなやり方を覚えていった。こうした介護の技能を身につけるのが、碑文谷病院でのいわば私の卒論だと思った。

息子も、まだ身体が小さいので手を貸すまでにはいかなかったが、介護のいろはを目で見て覚え始めていた。前にも少し書いたが、息子を見ていると、子どもたちが高齢者たちと実際に触れ合うことの大切さを思わずにはいられない。かつてのように、家族の中で高齢者との接し方を自然に学べなくなったいまは、子どもたちがそれを知らないままになってしまう。超高齢化社会を目の前にして、子どもと高齢者の出会いを、学校や自治体は率先して作っていくべきだと思う。

この頃、妻に、いま一番何がしたいかを尋ねてみた。

いくつも答えが返ってきた。「小犬が欲しい」というのは分かるが、「手の皮がむきたい」などという答えもあった。これは、人形作りをしてきたため、手にできたマメが腫《は》れて気になるからということだった。

食べ物では、「水炊《た》きが食べたい」、「鳥の唐揚げが食べたい」。さらには、毎日、私の手からわずかスプーンに数口だけ食べさせてもらえるアイスクリームを「自分の手でアイスクリームカップからすくって食べたい」という望みがあるそうだ。

病態失認が大きくかかわっているようだが、いずれにしても、どの答えも、目の前の深刻な病態からすると、どこか浮世離れしている。

こんな風にして、実に一ヶ月以上を過ごしてきた碑文谷病院から、妻は、この日、都内のリハビリテーション病院へ転院しようとしていた。

早朝の移動となった。介護用の車を頼んだ。私は国内では運転しないし、妻をタクシーに乗せるのも、いまは至難の業だったからだ。車椅子に座ったまま転院することもできたが、より安全だと考えて、移送用ベッドに寝かせて移動することにした。

妻が自室のように過ごしてきた病室を片付け、移送を担当する人たちが、妻を移送用ベッドに移した。

病室の前からエレベーターまで、リハビリチームや看護チームのひとたちが見送りに来てくれた。いまはすっかり親しくなったリハビリを担当してくださった理学療法士の飯田《いいだ》先生と黒田先生、楠瀬さんらが、妻の門出を心から喜んでくれていた。

「頑張ってね。また遊びに来てね」

遊びに来てね、というのもなんだかおかしかったが、でも「遊びに来るのもいいなあ」と思ったりした。

妻も、みんなも涙をみせていた。私も一緒に戦った戦友との別れのような気持ちだった。

妻は、静かに、朝の冷たい空気を味わいながら、移送車両に乗せられた。私は、妻のベッドの横に座った。

移送用ベッドに横になったまま、妻は碑文谷病院の建物に頭を下げた。妻の目にさらに多くの涙が浮かんでいる。私たちには感謝の気持ちしかなかった。

「復活」への思いを胸に抱いた私たちを乗せて、ワゴン車は、目黒から渋谷へと町中を通り、午前一〇時過ぎに初台にあるリハビリテーション病院に到着した。

初台リハビリテーション病院は、白いコンクリート造りの八階建ての建物で、カラフルな色タイルがあしらわれた外観は、病院らしからぬモダンな雰囲気を醸《かも》し出している。

この病院は、徹底したリハビリ医療を、病院らしからぬ明るく近代的な環境の中で提供することで知られていた。回復期にある患者にリハビリを行なうことを主眼に作られた病院だった。ここで私たちは、いままで見聞きしたことのなかった「リハビリ医療」に向き合うことになった。

妻は、到着すると、さっそく八階の病棟に移された。ナースステーションの隣りの部屋だ。ベッドへ移される時に部屋の明かりをつけたら、柔らかい照明にほっとしたものだった。これから数ヶ月、この病院のこの部屋が、妻の新たな仮の住まいとなるのだ。

それほど時間を置かずに、医師やナース、それにリハビリの作業療法士、理学療法士や栄養士らが、妻の部屋に集まってきて、妻の「病人度」の品定めともいうべき作業が始まった。

「リハビリ医療」の世界に初めて接した私には、とにかく、彼らの職種名とその仕事内容、そして担当者名を覚えるのが一苦労だった。これまで耳にしたことがないような職種を肩書きにした人たちがいた。

作業療法士＝ＯＴ（Occupational Therapist）は、身体や精神に障害を負った人々に、手芸や工作など、主に手を用いた作業を促すことで、能力の回復を図っていく人々を指す。

理学療法士＝ＰＴ（Physical Therapist）は、身体に障害を負った人々に対して、身体的能力の向上、回復を図っていく人々である。

この「作業療法士」と「理学療法士」が、患者の機能を向上させるリハビリの双璧《そうへき》となっているが、他に、言語聴覚士＝ＳＴ（Speech-Language-Hearing Therapist）という、言語能力を失ったか、障害を負った人々の、能力の向上を図る療法士もいて、いわばリハビリ医療のトライアッド＝三本柱を形成している。

もちろん、回復期とはいえ、手術などを受けた病人たちのコンディションの管理も必要であるから、通例の病院と同様にナースも存在する。さらに、衣服の着脱や、食事、入浴などを見るケアワーカー（介護福祉士）や、管理栄養士、薬剤師らがチームとなって、医師の指導の下で、患者のリハビリに取り組んでいく。かくも大勢の人々と一度に関わるので、私は、誰が何を担当するのか理解するまでに数日を要した。まるで、外国語の単語を覚えたり、防衛分野の専門用語を覚えるように、ひとつずつ、必要事項を頭に入れていった。

医師もナースも療法士も、ボタンダウンのカラフルなシャツにチノパンツ姿で、肩にそれぞれの役職が記されているワッペンを貼《は》っている。また、病院内で働く人たちの多くが、私や妻よりふたまわりは若く見える。まるで学生たちのゼミの合宿に参加しているようだ、と思った。

さまざまな質問が、妻と私にぶつけられる。その答えをメモする人、隣の人と何やら囁《ささや》き合う人。この間に、妻の背丈に合わせて、ベッドの高さ調整などもてきぱきと行なわれる。あっという間に、とりあえずの必要な環境が組み立てられていく。

妻のいまの状態を、この病院で妻を担当するひとりひとりに説明することは、家族の大切な役目だが、それにはたいへんな時間を要する。だから、こうしてスタッフたちに一度に紹介できるのは、患者に対する共通理解を持たせる上で理想的な方法だった。入院してわずか数時間で、妻の病状は、その病棟の「共通認識」となったのだ。妻を治療する「チーム」が出現した。驚くほどの効率の良さだった。

この最初の顔合わせの結果、言語聴覚士は妻の治療には加わる必要がないということになった。

また、初台リハビリテーション病院には、普段からソーシャルワーカーが存在しているのが特徴だ。彼らが、家族と病院をつなぐ懸け橋となる。家族側の思いや願い、悩みや相談事を吸い上げて、それを病院言語に訳して病院側に伝える。いわば通訳のような存在だ。

わが家の担当のソーシャルワーカーは、笠井《かさい》さんという女性だ。

入院当日、さっそく笠井さんと私たち家族は、最初の協議を持った。私たち家族は、妻がどこまで回復することができ、どんな人生を再開できるのかを漠然とつかめれば良いぐらいに考えていたが、笠井さんからは、この場で、早くも退院後を見据えた発言が飛び出した。帰宅に必要な具体的な手続きの話もされ、私は、笠井さんが、こちらが想像もしていなかった道を具体的に考え始めている、その準備の早いことに驚かされた。

また、主治医となる瀧澤《たきざわ》医師は、前の病院での適切な手術によって妻の命が救われたとして、今後は最良のリハビリ環境を提供したいといってくれた。どこまでよくなるかという問いには、もう少し様子を見ていきたいと話された。私たちもリハビリ医療によって、妻をさらに元気にすることに異存があろうはずはなかった。

初台リハビリテーション病院は、廊下や室内に広いスペースが確保されている。廊下は、車椅子《いす》二台がすれ違えるだけの幅があった。明るい色調で整えられた食堂スペースもあった。特に、この食堂からの眺めは、遥《はる》か彼方《かなた》に富士山が望め、山並みが美しかった。私はこのあと、何度もこの美しい山並みに心を慰められた。

いまは亡《な》き父が脳梗塞《のうこうそく》を患《わずら》ったとき、都心から電車で一時間半ほど離れた、神奈川の温泉リハビリテーション病院に、老いた父を入院させたことがある。

その病院に、私は仕事を終えた帰り道、週に二回ほど、片道一時間半かけて通った。病院に二〇分ぐらいしか滞在できずに、面会時間が終わってしまうこともあった。それでも、父が夕食を食べ終わるのを見ながら「おいしかったか」とたずね、薬を飲ませながら、父の顔を見られるのがうれしかった。また一時間半かけて、自宅に帰った。

富士山に近いところにあったので、土日に通うときには、電車の窓から美しい山並みが見えた。山にかかる雲から光の筋が何本も射《さ》すとき、その美しい光景に、どんな辛いときにも神はいると思ったものだった。私は、その頃のことを食堂からの山並みを見ながら、ぼうっと思い出すのだった。

私は、妻がこの病院で、元の生活を取り戻すカギを手に入れるよう期待したいと思った。

二　未知なるリハビリの世界

初台リハビリテーション病院での本格的なリハビリの日々がスタートした。

転院した日から、あっという間に、妻の周りの空間はリハビリ医療の場所となった。その日も、昼食を取って少しゆっくりすると、直ちにリハビリ訓練が始まった。

この病院での妻の一日は、午前六時半ごろの起床で始まる。七時には朝食だ。このあと午前九時五〇分から一一時一〇分まで一時間二〇分余りの作業療法。理学療法は、一一時五〇分から一二時半までと、午後三時四〇分から四時四〇分までの一時間四〇分にのぼる。一日当たり、合計三時間ものリハビリが行なわれる計算だ。

さらにいえば、リハビリには、休日も祝日もない。土曜だろうと、日曜だろうと毎日決まった時間に、黙々と行なわれる。

一日病院にいると、食事の時間や、風呂《ふろ》の時間、ちょっとした休息の時間以外は、すべてリハビリ訓練といった感じだ。まさに、入院生活自体がリハビリの状態である。高校や大学で、毎日三時間運動をするといったら、クラブ活動かそれ以上のレベルに匹敵するだろう。

動かなくなった筋肉を揉《も》みほぐしてから、いろいろなアプローチ方法をとる。立つという行為ひとつに一時間四〇分の治療時間が費やされることもある。しかも、グループ療法ではなく、患者一人に療法士一人が向き合う方式だ。つまり、一人の患者に与えられたリハビリの一時間は、その患者のためだけの一時間なのだ。

こうして二ヶ月半から三ヶ月の入院期間中、文字通り徹底的なリハビリ訓練が行なわれる。その間、患者の家族は、何度となく小さな「驚き」を目撃するようになるが、それは、患者と療法士による、毎日のたゆまぬ努力の賜物なのだ。

そもそも、脳血管疾患とひとことでいうが、脳梗塞、脳内出血、くも膜下出血と原因もさまざまなら、発症の部位により、患者の状態も大きく異なる。ひとりひとりの症状に合わせて、個別のプログラムが組まれる。そのプログラムは、患者の調子などによっても変更される。まさに連日、千変万化のリハビリ治療が続けられるのだ。

一番初めに妻のリハビリについたのが、OTの田村有樹子《ゆきこ》さんだった。このあと妻が「ゆきちゃん」と呼んで親しくなるこのやさしく明るいOTさんは、入院直後の妻の状態をたずねる私の質問に、次のように説明した。

「腕については、身体《からだ》が治ってくるときに、緊張が高まる傾向にあるんです。これに対応するために、手を広げ、腕を広げるようにしたいと思います。これはご家族が手伝って構いません」

最初に行なわれたこの説明は、一見単純な内容であったが、それから数ヶ月経《た》って振り返ると、たいへん含蓄があったと分かった。

人間の身体は、大きな病から回復する時に、逆に、筋肉に力が入って緊張するようになる。このため、例えば、腕や手を開こうとしても、緊張をほどくのが難しくなってしまう。

足も同じである。緊張が強くなると足の先がピンと伸びた尖足《せんそく》状態になり、それを放っておけば、装具を付けることも、裸足《はだし》で歩行することも困難な状況になるという。妻は、リハビリ病院を退院して以降もずっと、この「緊張が高まる状態」に悩まされることになるのだが、この時点では私たちにそこまでの知識はなく、田村さんの言葉も本当には理解していなかったのだ。

田村さんは、また、妻の「高次脳機能障害」がいかなる状況にあるか、夫の私に飲み込ませようと、妻との訓練の様子を見学してはどうかといった。私は願ったりかなったりと、訓練室についていったが、これが私と高次脳機能障害の初めての本格的な出会いとなった。

訓練は、机上に置かれたボードにピンを並べて作られた四角を見ながら、その下に、同じ四角の図形をピンを使って再現するものだった。図形の全体像が見えるなら、縦一〇マス、横一〇マスある四角を簡単に作れるはずだ。

ところが、妻は縦の一〇本のピンは見えて並べられても、横は右から三本目の列までしか並べることができなかった。そこまでの範囲しか、見えていないということになる。妻の脳は、高次脳機能障害によって、ごく狭い空間だけしか認識されないようになってしまったのだ。

ところが、驚いたことに、もう少し左側にも気をつけるようにと田村さんが誘導すると、横の列の四本目が、次に五本目が、さらには六本目が、順々に見えるという。最終的には横一〇本全部を見渡すことができた。

ということは、妻が最初に三本目の列までしか認識しなかったのは、実際に見えないというわけではないということだ。それなのに、当初は三本分しか認識できなかった。そして妻にとっては、三本分の列しか見えないことも、その後、一〇本分の列が完全に見えたことも、いずれの状況にもなんの違和感もないようだった。私自身は、見ていてなんとも歯がゆく、こうした状況に妻が苦しまなければならないとは、と、悔しい思いだった。

瀧澤医師は、まずは入院から一〇日程度様子を見て、妻のリハビリを担当する医療チーム一同によるカンファランス（合同会議）を開き、その後の治療方針を出したいと説明した。

リハビリ訓練は、当初は、主に二階にある広いリハビリ訓練室を中心に行なわれた。

この部屋には、平行棒や自転車漕《こ》ぎマシーンなど、バランスをとったり、筋力を上げるための器具が置かれており、大きなスポーツジムのようだ。患者さんたちが作業療法士や理学療法士とマンツーマンで、リハビリ訓練を受けている。

また、部屋の隅には、一般家庭の居間やキッチンを再現したスタジオセットのような設備もあり、患者は帰宅後の自分の動きを、ここで模擬訓練してみるということだった。

病院へ入ってから一週間目、妻の担当のPTの岩澤《いわさわ》さんは、「なかなかよく膝《ひざ》が伸びるようになりました。膝の力も強くなりました」と評価してくれた。岩澤さんのこの言葉にも、この病院における治療のヒントがあるように思う。つまり、患者や家族には、なるべく良い変化を見つけて、少しのことでも、喜んで伝えてくれることだ。

これは、患者や家族にとって大きな喜びとなり、明日を頑張ろうというエネルギーとなった。たとえ一歩でも「よく歩けました」と言われると、心の中では、一〇歩も一〇〇歩もよく歩けたような、そんな安心感が広がるから不思議だ。その安心感を杖《つえ》代わりにして、患者と家族は、次の一歩にも望みを託すのである。

妻は、毎日リハビリ訓練室へ車椅子《いす》で向かい、そこでみっちりとトレーニングを重ねた。数週間もすると、車椅子から立ち上がることができるようになった。

車椅子から立ち上がる。これは、ひとつの大きな転機だった。

今後の生活を考えると、立てるか否《いな》かの差は、想像以上に大きな差であった。立ち上がれない患者を立ち上がらせることができれば、その人間を歩かせるのは、さほど難しいことではないことが、訓練を見ているとよく分かった。表現はよくないが、足はいったん棒のようにまっすぐになれば、とにかく歩くことはできるのだ。

自らの足で立つということは、かくも複雑で、多数の筋肉と神経を使うことなのか。私は、それまでまったく理解していなかった。

妻は、そののち、杖なしで歩くことができるようになっても、「歩くのは神経を使うのでとても疲れる」と訴えた。感覚が麻痺《まひ》している足を自分の思い通りに動かすには、頭を疲れるほど使い、また、いくつものコツを必要とした。そのコツを妻はひとつずつ、ある時は泣きながら体得していった。

妻がようやく歩けるようになった後、私は街中ですいすいと歩いたり、小走りに走る女性たちを見るたびに、複雑な思いにかられた。妻が失った力に思いが至るからだ。あの人たちは当たり前のように歩いているが、妻はこれから先、命がけで歩くのだ。「不公平だ」という思いが湧《わ》き上がってくるのと同時に、妻もいつかはあのように歩く力を取り戻せるよう祈った。

岩澤さんがいう「なかなかよく膝が伸びるように」なるまでには、リハビリ訓練でのたくさんの苦労があった。それがあってのほめ言葉でもあったのだ。

もっとも、「よくなってきましたね」とのほめ言葉に、妻自身は「本当によくなってるかなあ」と疑心暗鬼のようすを見せることも多かった。

初台リハビリテーション病院に移ってから、これまで以上に高次脳機能障害が重要な意味を持ち始めたことに、私は緊張した。図形を再現する訓練により、現在の妻が右側のわずかの範囲しか認知できないという事実を知って私は深い衝撃を受け、とりあえず高次脳機能障害関連の本を買いあさって読みふけった。例によって、私は耳学問から入る傾向がある。

読めば読むほど、この脳機能障害が、たいへんに複雑でやっかいなことが分かった。物の本によれば、精神的に疲れやすい「易疲労性」や、自分から何かを始めることができない「発動性の低下」、集中力が欠如している「注意障害」、何をどうするか決められない「判断力の低下」、ある状況のもとで、正しい行動をとることができない「失行状態」、身近なものや身体を認識できない「失認」、時間や場所の感覚がはっきりしない「見当識障害」、さらには、突如激しく怒りだすような「脱抑制」、「易怒性《いどせい》」、言葉を理解したり表現したりすることが困難になる「失語症」など、実に多くの症状が含まれていた。

これらすべての症状がひとりの患者に現れるわけではなく、脳の損傷箇所により、症状は千変万化するようだ。現れる症状の濃淡も、ひとりひとりが異なるのだった。

入院から一〇日目。家族に対し瀧澤医師が「ドクター面談」を行った。ソーシャルワーカーの笠井さん立会いの下、医師は妻と私に対して、直前に持たれたナースたちのカンファランスの結果や、現状を説明してくれた。最新のレントゲン映像なども広げながらの説明であった。

その中で、医師は、高次脳機能障害のいくつかの症状、たとえば「注意障害」などが、妻の今後に悪さをすることが見え始めたという。そのため、「帰宅後には、見守りがあらゆる局面で必要となるでしょう」といわれたのだった。

私はどきりとした。

この「ドクター面談」は、転院した病院での初めての面談でこちらが緊張していたせいもあってか、説明が理解しづらかった。そのため、この「見守りが必要だ」という言葉については、毎日二四時間、家族の誰かが妻のそばにいる必要があると捉《とら》え、「これは大変だ」と考えたのである。

私は、報道の世界で、社会部の記者が、取材対象を監視し続ける「ベタ張り」と呼ばれる状況をイメージした。私がいまのように、妻の入院生活だけを見ている状況ならばともかくも、退院後、社会生活を送りながらベタ張りをするのは、どうやっても無理だと思った。

私はこの「見守り」について、いったいどういう状況を意味するのかを突きとめたいと思い、ソーシャルワーカーの笠井さんを通じて病院に、作業療法士の解説がほしいと求めた。

作業療法士の田村さんの解説は、具体的で分かりやすかった。「誰かが監視していないと、患者が勝手に家の扉を開けて出ていってしまうような『監視介護』が必要な状況とはやや異なります」ということだった。「監視」と「見守り」にニュアンスの差があり、どうやら、ベタ張りイメージはややトーンが強いようだ。私は少し安心した。

ところが、一方で、田村さんは「奥さんには『注意障害』がありますが、これは、自宅に奥さんがお帰りになって、たとえば食事を作られる際に、火を使う局面が生まれて、火を使っているところで来客があると、火を使っているということを忘れてしまう危険性につながります。松本さんはこれらの動作を同時に出来ないと思われるので、誰かが介助をすることになります」と、妻の動きを見ているための「誰か」によるゆるめの監視が常に必要だとの考えも明らかにした。

また、妻は「病態認識」が薄いため、日常の家事の動作が、病気以前のように簡単にできると思いがちだ。しかし、「半側空間無視」や「注意障害」もあるため、無理に動くと転倒しやすく、骨折の危険などがある。これを防ぐためにも、妻が動く際の見守りは不可欠だということであった。こうなってくると「監視介護」と「見守り」がどの程度違うのか、再び首をひねってしまう。実際には、帰宅後も二四時間の見守り態勢が必要となった。

また、将来、買い物や通院などで外出する際には、このハードルはさらに一段上がるということだった。「外出では、人や車の動きなど注意しなければならない範囲が広くなるので、事故につながらないように、常に誰かがついていることが必要です」と田村さんは強調する。

自宅ではトイレへ行ったり、お風呂に入ったり、という局面が出てくる。その際に「壁」となるのは、妻が身体的に負った症状よりも、むしろ高次脳機能障害の方ではないか。そんな思いが強くなり、私はふたたび不安にかられた。

入院している病室でも、左足に装具を付けないままひょいと立ち上がって歩こうとし、転倒する危険性があった。注意をする意識が働いていれば、「倒れるかもしれない」と警戒心が働くが、それが働かないので、危険な一歩を歩み出してしまうというわけだ。

私は、碑文谷病院で、妻がベッドと車椅子の中間点で倒れていた時のことを思い出した。あのときも、立ち上がれると考えて一歩を踏み出したことが「あわや」の事態を生み出したのだった。

初台リハビリテーション病院では、この危険を避けるため、ふたつの措置が取られた。まずは、ベッド脇《わき》の床に特殊なマットが敷かれた。このマットを踏むと、ナースステーションで警報が鳴り、妻がベッドから床に降りようとしていることが分かる仕組みだ。

もうひとつ、トイレに行ったり、室内の物を取ったりするなど、何かをしたいと考えたら、その度にナースコールを鳴らすよう繰り返し徹底した指導が行なわれた。動き出す前に、動くことをいったん自らに十分に意識させるわけだ。これらの措置によって、高次脳機能障害が引き起こす「悪さ」を回避しようということだった。

さて、この段階に来ると、家族は家族で、妻の帰宅を念頭に入れて、その準備も始める必要が出てきた。それも、私が一人で動くしかなかった。

とはいっても、私一人の考えで次々と手を打つのは無理だ。とにかく、妻と家族が落ち込んだ病の海は果てしなく広いのだ。自宅介護に関する何がどこにあるのか、どうすれば良いのか、将来何が待ち受けているのか、皆目見当がつかない。私には、作戦参謀が必要だった。

この作戦参謀になってくれたのが、ソーシャルワーカーの笠井さんだ。私の数々の疑問を咀嚼《そしゃく》した上で、的確な指示を出してくれた。私はそれに基づいて、帰宅へむけての準備を始めていた。

もしソーシャルワーカーの常駐しない病院にいたら、すべては手探りで、莫大《ばくだい》な時間と労力が必要だっただろう。健康保険と介護保険の違いや、複雑極まりない介護保険のしくみなど、分からないことだらけの中で、何がベストかを一人で探り当てることは到底不可能だった。笠井さんにはご迷惑をかけっ放しだったが、私は準備すべきことを繰り返し教わりながら、ひとつずつ片付けていった。

まずは、要介護認定の申請である。

この申請は大切だ、と笠井さんが説明してくれた。要介護度が決まらなければ、家の中に手摺《てすり》をつけたりする準備を進められないし、ヘルパーにどの程度来てもらえるかもまったく分からないという。患者はいわば点数をつけられ、何段階かある要介護度の枠にあてはめられる。そして、その段階に合わせた介護が行なわれるということだと理解した。

私は区役所に出向いた。

さいわい区役所の窓口の人はたいへん親切で、いろいろ丁寧に説明してくださり、私は申請を行ない、仮の資格者証をもらい受けた。申請から七日から一〇日以内に調査員の聞き取り調査が行なわれ、それをもとに一ヶ月程度で要介護度が認定されるということだった。

区役所ではまた、将来必要となる可能性がある障害者手帳の申請書ももらった。申請そのものは、妻の身体的な回復にメドがついた段階で行なうことになるが、書類だけでも早くあった方がよいだろうと思った。それは、そのまま病院に提出した。

また、ケアマネジャーをどうするかも、退院が近づくと慌《あわ》ただしくなると思い、入院早々に決めてしまうことにした。

このケアマネジャー探しは、インターネットのおかげでずいぶん助かった。私の住む区内の病院に、介護事業所と、それに付随する訪問看護ステーションがあることを発見した。そこでは、夜間に巡回をしてくれる介護システムが存在する。私はこの事業所のケアマネジャーに担当してもらおうと電話をかけた。

看護師出身のケアマネジャーさんが、担当を引き受けてくれることになった。

そのケアマネさんは、「われわれは人それぞれに得意不得意があります。看護関連が得意な人、ヘルパーを集めてくるのが得意な人などです。私は看護が得意で、弱点もありますが、それは頑張って補います」といわれ、私はそのはっきりとした発言に好感を持った。

「ケアマネジャーが司令塔になるのではなく、ご家族が司令塔になるのです」ともいわれた。

この「家庭内の司令塔」の役割を担《にな》うようになって数ヶ月が経《た》っていたが、これほど難しいものはないと、私は引き続き苦しんでいた。それはそうだ。これまで、家庭内のことはすべて妻に任せてきた。というと格好は良いが、家庭の雑事から子どもの成長に関わる決定まで、すべてを妻にかぶせて避けてきたのだ。掃除も洗濯も、ゴミ出しも、子どもの病気の時の対応も、学校のＰＴＡ活動も、なにもかも、妻に任せてそれっきりだった。その積もり積もった大きなつけが一挙に押し寄せてきた。そのことを、私は痛感していた。

しかし、今後は、妻がたとえ退院して家庭に復帰しても、私が引き続きこの役割をしっかりと務めなければならない。「しっかりと」というのは、月曜からの平日も、という意味である。土日だけの司令塔というわけにはいかない。「それができるのか」

と突きつけられた刃《やいば》に、私は気持ちがすくむような思いだった。

例えば、諸手続きを取り仕切る役所は平日しか開いていない。妻を誰かに見てもらう、その誰かがいない。また、妻の体調が急に思わしくなくなる事態も考えられる。そのときに仕事をどうするか。不安を数え上げれば切りがなく、よいアイディアも浮かばなかったが、いずれにせよ、尋常ではない頑張りが必要だということだけは理解できた。

私が頭を悩ませている一方で、妻は、手足のリハビリに一生懸命だった。「意識を本当に集中してやってるから疲れちゃう。それも、他人に見られている状態だし。分かるでしょう」とイライラすることもあった。「そんなに急には治らないよ」と、リハビリの「効果」ばかりを期待し、その大切さを述べる私を牽制《けんせい》するような発言も口にした。その言葉には重みがあった。

リハビリを黙々と重ねる静かな病院生活であったが、時には変化の風が吹くこともあった。

そんなひとつ。妻は、病院の装具を使って、立ち上がったり歩く訓練をゆっくりと始めていたが、本格的な歩行訓練をするために、自分用の装具を作ることになったのだ。

妻は、装具屋さんに足の型をとってもらうという経験をした。訓練室に付属する風呂《ろ》場《ば》を使って、足に石膏《せっこう》をまく形で型を取った。妻の足は細くて形がよく、装具屋さんが、見本用の足としてレプリカを作りたいくらいだと話していたという。

また、その装具の色を何色にするかで、妻はいろいろ迷って楽しそうだった。あれこれと案を練り、ナースや療法士たちも巻き込んで、にぎやかな装具作りとなった。結局、「オリンピックのフィギュアスケートを思わせる白色の装具にした」そうだ。

こういう物の決め方が、いかにも妻らしくてうれしく思った。

私も、妻が落ち込んでいれば一緒に気落ちし、妻が笑顔を見せれば気分が明るくなる。

ある晩。病院から帰る間際《まぎわ》、妻は、病室のベッドの脇に飾っている、いまはこの世にいない愛犬シェリーの写真を見ていた。シェリーの死は、妻の不幸の原点のひとつだった。

私は妻と、将来新たに小犬を飼うことを約束していた。この約束で、妻が少しでも精神的に落ち着いてくれればと思ったこともある。もちろん、現実を考えれば、無理なことであった。ただ、妻は、このシェリーJr.に思いをはせることで落ち着きを取り戻すようだった。

その夜も、妻はシェリーの写真を見ながら「シェリーJr.の中に入って帰っておいで」とつぶやいていた。

三　一一歳の誕生日

初台リハビリテーション病院での入院生活が始まると、意外にも、息子の精神的な落ち込みが、家族の最初の課題となってしまった。

息子は妻の発病当初は、私が心配な情報をなるべく彼にはふせていたこともあってだろうか、緊張しながらも元気さを保っていたと思う。

また、息子の哲学として「お母さんが悲しまないようにお母さんの前では明るくしていたい」というのがあり、立派に明るく頑張ってきた。

それが、母親が転院して、本格的にリハビリに励みだし、「できること」と「できないこと」が明確に形を取り始めると、母親が負った苦悩の深さを目にして、次第に落ち込む様子を見せるようになってしまったのだ。この頃には、すでに小学校に復帰させてはいたが、学校生活を送ることで、病院で起きていることを一時でも忘れられるというのは甘い幻想でしかなかった。子どもは子どもで、小さな胸をあふれるほどの思いで、悩ませていたのである。

小学五年生の子どもにとって、母親が負った現実はあまりに過酷であったと思う。だが、子どもだからといって、現実から逃避することはできない。そのストレスはいかばかりであったろうか。よく耐えていたが、一〇歳の子に耐え切れるものではなかった。

私は夜、ベッドで寝息を立てる子どもの顔を見ながら、この子が母と共にいまの事態を「笑い話」にできる日が来ることを祈らずにはいられなかった。

さらには、私のあずかり知らなかったこともあった。学校の友達に母親の置かれた状況を相談できないで、じっと黙っていることも、息子のストレスとなっていたようなのだ。

この事実は、ある日、病室内で落ち込んだ様子の息子に対して、妻が「どうしたの」と尋ねたことで分かった。

「学校で、何もいえないので」と息子がふさいだ声で答えた。どういうことかと改めて尋ねると、息子の説明はこうだった。

「みんなに、なぜ長く学校を休んでいたの、なんで君の家に遊びに行っちゃいけないの、と聞かれるけど、何もいえないので」

そうかと思った。私は、自身の仕事の性格もあり、妻と子どもを守るためにも、周囲の人々に対しては、何が起きているか知らせない方がよいという考えがあった。そのため、会社には「家族の介護に専念している」とだけ発表してもらっていた。また、息子の小学校の担任の先生には、学校でも「家族が病気」という以上の話は控えていただいていた。

息子にも、「お母さんを守る」ためには、友達にも細かい話はしない方がよいとアドバイスしていた。息子は、そのアドバイスを忠実に守り、学校でなにを尋ねられても「何もいえない」で押し通し続け、それが次第に重荷になってきていたのだ。

私と妻は、その場で話し合い、「ある程度のことは隠さなくてもいい段階だろう」と判断した。息子の心に傷になる事態は避けたい、という思いからだった。そして、病室から担任の先生に電話し、事情を説明した。

先生は、「お子さんは一生懸命やっておられます。では『お母さんが入院されているから皆で応援しましょう』とクラスのみんなに話すことにしましょう」といってくださった。

ありがたい、と思った。息子もその話を横で聞いていて、顔がぱあっと明るくなった。「それなら、いいや」と納得するようにいった。私は、これが私と妻と息子の三人で乗り越えた初めての壁となったな、と思った。

妻は、「パパが暗いんだよなあ」と私を見ると、「あなたは悪い方へ悪い方へ考えるからダメなのよ」といった。そして、息子の方に向き直ると「ママは元気になるために頑張っているんだ。明るい未来が待っているんだよ」と息子を慰めた。

自宅の近所の方々も、協力やアドバイスをくださる。道を歩いていると「なんでもできることがあったら言って下さいね」と声をかけられて恐縮した。妻の帰宅後を不安に思う気持ちが、少し楽になった。

近くに住むある医師のご夫婦は、夜遅く私と息子を迎え入れてくださり、妻の病状を聞くと「四六歳という年齢なので期待が持てる。家庭で治した方が治ることも多い。HOW（どうやって）を誘うような質問をたくさんして、脳を刺激してください」と教えてくださった。

もうひとつ、その医師は、夜働くアンカーの仕事を続けるかどうか、迷いに迷っていた私に「見守りが必要な奥様には、旦那《だんな》さんが昼に自宅にいるのは望ましいと思いますね。お風呂などにも、旦那さんが入れてあげればよいのですよ」とアドバイスしてくれた。そうか、夜働くのはたいへんだと思ってきたが、昼間に妻と一緒にいて、妻を見守ることができるのは幸せなことだな、と思った。

妻はというと、長く厳しいリハビリの練習が続いていた。四点杖《づえ》といって、四ヶ所が地面に接している杖で、部屋から二〇メートルほど離れた食堂まで往復したり、方向転換をする練習を重ねる。「病院を移った当初から比べると動きがよくなりましたね」と理学療法士たちからほめられる、なかなかの進歩ぶりであった。

足については、かかとがしっかり、ぺたっと地面についたかたちで立つことができるように訓練が続けられた。

食事時間の食堂と部屋の往復は、いつしか、車椅子《いす》から歩行へと変わった。この変化には胸が高鳴った。介助を受けながらも、ゆっくりと一歩一歩食堂へアプローチする。「食」を手にするために、病と闘っているんだなあ、と思う。

あまりに運動がきびしく、足が震えて立てないこともあると妻は私に訴える。「足をかかとから地面につけて」、「膝《ひざ》をぐっと伸ばして」、「胸を張って前を見て」。さまざまな指示が飛び、「いろいろ一度にいわれても出来ない」とこぼす。

妻の入院しているフロアには、実は、サッカー界の国際的な指導者で日本代表チームの監督だったイビチャ・オシム氏が脳梗塞《のうこうそく》で倒れたあと入院してリハビリに励んでいた。

オシム監督（当時）は、妻がこの病院に転院する一週間ほど前に、一足先に転院してきていたのだ。期せずして、同じ療法士チームに訓練を受けることになったことから私たち家族は、「オシムさんに負けないように回復しようね」、と頑張っていた。

ある日の、妻と岩澤理学療法士の会話。

「きょうは絞られたあ」という妻が、

「オシム監督も絞っているんでしょ」

「時々」

「でも、スポーツする人だからすごいでしょ」

「すごいっす」

私が何度か廊下で見かけたオシム氏は、いつも、病棟から訓練室まで、巨体を右に大きく傾け、右手を壁にごつんごつんと大きくぶち当てながら移動していた。緊張感あふれた厳しい表情で、一歩一歩、床を踏みしめるように歩いていた。

通常は訓練室までは車椅子で移動するのだが、オシム氏は「リハビリ訓練の一環」と自らそうと決めたのだろうか、この壮絶な歩行訓練をしながら訓練室へと向かった（それを医師や付添いの人達二十人位が取り囲んで移動していった）。オシム氏の身体《からだ》からは、自らを病から立ち直らせたいという気迫が発散されていて、私の胸を打った。本当にすごかった。負けてなるか、と思った。入院から二ヶ月ぶりにオシム氏が日本対ボスニア・ヘルツェゴビナの試合を国立競技場で観戦するため公《おおやけ》の場に姿を現わした時、オシム氏の横には理学療法士の伊藤《いとう》さんの姿もあった。私と妻は病院のテレビを見ながら「オシムさんね」「伊藤さんだね」と言いあいながら二人のことを誇らしく思った。オシム氏の社会復帰は、こののち大きく報道され、同じ病に苦しむ人々に大きな勇気を与えたのだった。

妻の高次脳機能障害は、依然、鬼門となっていた。

一緒にいる時に、いきなり「トイレへ行きたい」と車椅子から立ち上がろうとするのを、あわてて押しとどめたことが何度もあった。左の視野を無視してしまうため、「左足に立ち上がるための装具をつけていない」という事実を忘れて立ち上がろうとしてしまうのだ。装具をつけずに歩くと、倒れる危険がある。

私はつい愚痴が出る。「皆、転んで骨折するのを心配しているんだよ」。妻は「ごめんなさい。忘れていた」と謝る。大きなけがにつながる危険がある以上、緊張が解けない。

一方で、日々の生活には明るい話題もあった。妻のベッドの周りが動物園化していることは、前に書いた。私は妻を元気づけようと、『わんわん物語』に出てくる、人の体の半分もある大きなレディちゃんの人形をディズニーショップで買い求め、妻の病院での「心の友」にと渡した。このレディちゃんが、碑文谷病院からいたコンタのポジションを奪うほど、妻のお気に入りとなった。妻は、コンタを抱っこして寝ていたのが、いつしかレディちゃんを抱っこしていた。息子には「コンタを持って帰っていいよ」とまでいうようになったが、息子は、「ぼくの代わりなんだからいいの」と持って帰るのを拒んだ。「ぼくの代わり」が、別のぬいぐるみにポジションを取られたのが不満そうな口ぶりだった。

その息子が一一歳を迎えた。

母親が入院する中で迎えた一一歳。

「もう一一歳か。元気に育ったもんだねえ」

「ぼくの親になって、ママとパパも一一年経《た》ったんだね」。息子が生意気をいった。

妻は、「かわいかったねえ、小さい時は。有楽町を『ゆうらちこー』とかトウモロコシを『とんころもし』とかいっていたねえ」と目を細めている。

誕生日のケーキは、家族三人で病室で食べることになった。去年は、自宅に友達を何人か呼んでパーティーを開いたな。妻が飲み物を子どもたちに配っていたな。そんなことを思い出し、それと比べていまは……と、息子と妻を不憫《ふびん》に思った。

ひとり分のケーキを病室の机について食べる様子を見ながら、この子にとっては、大変な日々となっているが、ぜひ、曲がらずに真っ直《ます》ぐに育ってほしいものだと考えた。そして子どもが真っ直ぐに育つためにも、妻には少しでも元気になってほしかった。

四　歩くまでの道のり

その日、病院に到着すると、妻は理学療法士の伊藤さんのリハビリを受けていた。伊藤さんは、これまで何人もの人々を車椅子から立たせた経験をお持ちである。

まず最初は立ち上がる訓練だ。杖も持たずに、どこにも触らず、装具をつけた足でまっすぐ立って前を見る。バランスを取る。これを何度も繰り返す。うまく立っているなと思う。

訓練は、立ち上がった時の左足の感覚をつかむことを最大の眼目に行なわれている。

次に、四点杖をつき、左足の装具の一番上の留め金を外して、ひざに力を入れて一歩ずつ、慎重に歩く。

これもたいへんに上手だ。特に扉を開ける動作では、思わず自然に左足がワンステップ前に出て、伊藤さんから「すごいですね」と驚きの言葉が飛び出した。「一歩左足を出して、といわないのに出しましたね」。伊藤さんの細やかな指摘に、見守るこちらまでうれしくなる。

その後は手のマッサージと足のマッサージを受ける。

妻によると、もうひとりの理学療法士の岩澤さんの訓練も、かなり厳しいもので、大変だが、やりがいはあるようだ。「心を鬼にして教えてくれるの。いわば愛のムチね」。

この病院には、「病院」という言葉の響きがもっている権威的な感じがまったくなかった。その理由のひとつは、医師もナースも、その他の職種の人間もお互いに「さん」付けで呼び合っているからだと、しばらくして気づいた。

この一点はとても大きい。すべての人間を「さん」付けで呼び合えば、誰が偉いかはどこかに行ってしまう。残るのは、個人個人の働きだけだ。

また、「さん」付けで呼び合っているうちに、患者も自然に病院スタッフの一員のような気分になってしまう。多くの患者は、それまでの人生を失ってしまうような大きな傷を心や体に負って病院へ運び込まれてくる。ベッドから起き上がるという基本動作すら、自分一人でできないこともある。その時に、「私は医師でございい」とか「看護師でございい」と、「権威」を振りかざさずに接してくれることが、患者をどんなに元気づけてくれることか。

私は「さん」付けで呼び合うことの効用には、目からうろこが落ちたような気がした。この呼び方ひとつをとっても、入院生活のすべてがリハビリテーションと考える病院のコンセプトにふさわしいと思った。

また、初台リハビリテーション病院では、電子カルテが導入されていた。妻の日々の容態や、私とソーシャルワーカーの会話など、重要な情報はすべて電子カルテに記入され、ナースやケアワーカー、療法士の間で、徹底的に共有されているようだった。

私も、この電子カルテ方式を見習って、妻の入院生活を見守ってくれている親戚《しんせき》らに定期的に一斉メールを入れて、私が気がついたことや、妻の身体《からだ》や精神の状態について情報を共有するように努めることにした。かなり細かい心の内まで説明ができて、これはたいへん便利な手法だと思った。

電子カルテにせよ、電子メールにせよ、こうした情報の共有化は、二一世紀ならではの利点であろう。私は、もう半歩進んで、患者の家族からのメールを病院側が受けられるようなシステム作りが必要ではないか、と思う。入院時に患者に特定のメールアドレスを発行する。そのアドレスを使って、患者や、その家族から来たメールを電子カルテに反映する。そうすれば、治療と並行して、家族側の悩みや疑問点を病院側が吸い上げられるのではないか。病院側は、患者の家族の心の内側にもっと敏感になるべきだ、と私は思っている。

病院内で妻の支えになってくれている人たちの顔と名前が一致するようになった。PTの伊藤さん、岩澤さん。ケアワーカーの福崎さん。OTの「ゆきちゃん」こと田村有樹子さん。浜中さん。

この病院では、一日二回、各病棟にあるスタッフステーションで行なわれる全体会議で、病棟内の患者さんの容態や、リハビリの進行状況の確認が口頭で行なわれていた。そうすることで、患者ひとりひとりを障害から救い出そうとする、チームとしての心意気を高めようとしているように思った。

初台リハビリテーション病院が公表している入院データ（平成一八年一月から一二月まで）では、入院患者の平均年齢は六八・三歳で、男性は五〇代から七〇代までが山を作っているが、女性は七〇代がずば抜けて多い。ほとんどが脳梗塞と脳出血の患者で、くも膜下出血の患者は、入院患者の五・九％にすぎない。入院期間は平均が七九・四日。退院先は七六・四％が自宅という高い回復率を達成している。

入院中も、日中は、可能な限りベッドから離れて過ごさせる。障害で寝ていることの多い患者を起こし、ベッドから引き離し、立たせて歩かせるように仕向けて行く。

これを可能にする原動力となっているのが職員の若さだ。大学のゼミの合宿のようだと前に書いたが、早出や夜勤もある勤務体制を支えるには、この「若さ」は大切な要素だと思った。もちろん、若さだけではない。入院から退院まで、患者の志気を高め続け、回復という目的に向けていく情熱が、この病院には感じられた。

この「情熱」こそが、いまの日本社会に欠けているものであり、その欠如がいまの日本を駄目にしている大きな要素ではないか。「冷めた国」日本。儲《もう》かれば良い。偉くなってしまえば良い。ばれなければ何をやっても良い。そうした愚かな考えが、日本の未来を暗くしている。

ある組織が優秀かどうかは、「成果があがっているか」ではなく、「情熱のほとばしりをその組織から感じられるかどうか」にあるように思う。この病院からは、情熱のほとばしりが強く感じられた。妻の貴重な三ヶ月を預けるのに相応《ふさわ》しいと、何度も思った。

さて、理学療法士の伊藤さんも岩澤さんも、年齢的には若いが、実に礼儀正しい。妻の心理状態を雑談のなかで巧みに把握し、状態に応じたリハビリを進めてくれる。それに、妻は二人が「イケメン」なので大好きだそうだ。「イケメンだもんね」といって笑うと、そばで訓練を見守る息子の顔をみて、あわてたようにつけ足す。「大ちゃんもイケメンだよ」。

岩澤さんは、装具の装着方法を説明したリストを作ってくれた。妻の足の写真入りで、教科書のような、なかなかのできばえである。

（1）両膝の間に装具を置く
（2）左の下肢を持ち上げ、ふくらはぎ、踵《かかと》の順番で履く
（3）右足で装具を前に押し出す
（4）左膝下を持ち上げ、踵部分を入れていく
（5）装具を持ち上げ、踵部分を床にトントンと打ち付け、踵をしっかりと入れる
（6）左側へのバランスの崩れあり。そばで指導を

そう、この「そばで指導」がリハビリを進める患者の家族にとって大切な要素なのである。つまり口は出しても、手は出さずに、ただ見守るだけ。あくまでも本人が自分の力で装具を装着する方法をマスターさせるのだ。

これは、いうのは簡単だが、実際にはたいへんに根気がいる作業だ。そう簡単には装具はつけられず、じっと見ていると思わず手を出したくなる。ちょっと留め具の部分の角度を変えてあげれば、足の角度を変えてあげれば、装具がつけやすくなる。しかし、それではダメだ。手を出さずに見守るのは、思いのほかむずかしいのだ。

一方で杖《つえ》は、それまでの四点杖から、日を置かずして普通の杖をつくようになった。四点杖は、足が四本あるため、たとえ手を放しても杖自体が立ったままでいてくれるが、普通の杖は、手を放せばころがってしまう。また、杖を持っている間は、右手は常時ふさがっているので、妻は、慎重に慎重に杖を操っていた。

主治医の瀧澤医師は、ひと月経った段階での妻の状態について、次のように説明した。

「手はなかなかむずかしい。最初曲げる力が出て、そのあと開く力が出ますが、そこまではいっていません。なんとか机の上で右手で字を書く際に左腕が支えとなってくれればと思いますが」

「足は装具をつけて、杖なしで歩けるところまでいくのではと見ています。足は極論をいうと、まっすぐ棒のようになればよいのですが、手は、細かいあれこれの動きがあるので難しいのです」

「注意障害はまだ問題がある段階です。頭は腫《は》れていて、腫れが引くまでに六ヶ月位かかるでしょう。その間に、より意識がはっきりしてきて、注意が向くようにもなるでしょう」

瀧澤医師はまた、「明るいご家庭の方が治りがよいのです」とつけ加えられた。

この点は大切なようだ。多少の事があっても気に留めず、えいやっと乗り越えてしまう家族の方が、患者が元気になる率が高いのだという。私はこのタイプではなく、どちらかというと妻の言うように「あれこれと考え込み落ち込むタイプ」なので、いかんなあと思った。

また、妻が良くなっていくのを見ながらも、病前の妻を思い出し、つい「もっと頑張れ」と励ましてしまうことについては、「ご本人はすでに一生懸命頑張っておられます。それをもっと頑張れというのは酷です。少しゆっくりと見ていてあげるのが大切です」とアドバイスされた。

「ゆっくりと見る」というのがキーワードだった。先に「見守る」という言葉があったが、要は「ゆっくりと見守っていく」ことが大切なのだと思った。

妻は、病棟内で、少しずつ、同病の人々との心の輪を作り始めていた。前の病院では、頭に手をやって頭を下げるのと同時に手を広げて見せるお辞儀の仕草が、リハビリ室での人々の心の輪を作っていたが、今回妻が使ったのは、たくさんの犬のシールであった。

感謝の気持ちを示したい、と考えた妻が、たまたま私が買っていった小さな犬の絵が三〇通りもあるかわいいシールを、リハビリ訓練をしてくれた療法士の手のひらに「ありがとう」といって一枚貼《は》ったのが始まりだったようだ。あっという間に、多くの療法士やケアワーカーが妻のシール貼りの餌食《えじき》となった。日頃の感謝の気持ちで一枚。訓練が終わり、また一枚。もらった療法士たちも困ったと思うが、うまく気持ちを受け止めて下さったようだ。

犬のシールは、続いて、同じ病棟の患者さんたちに広まった。妻がみんなを「力づけたい」と考え、食堂やリハビリ訓練室で出会った患者さんの手のひらや甲に貼っていった。このあたりが、妻の妻たるゆえんである。

シールは妻の手から増殖し続けた。手の甲にシールを貼られたナースが財布に貼り直したり、人から人の手に渡り、病棟内でどんどん広がっていった。

あるナースの情報では、私たちが目標としていたイビチャ・オシム氏の薬箱にもしっかりと貼られていたそうである。私は彼が、薬箱に貼られた犬のシールに目を細めて見入っている様子を思い浮かべて、思わず笑いがこみ上げた。

妻は、ベッドの手すりなどにもシールを貼って、「はがすのがたいへんだからやめて下さい」とお叱《しか》りを受けることもあったようだが、碑文谷病院のときと同様、人の心、特に苦しんでいる人の心をつかんでみせるのには感心させられた。

ほめ上手を自任する妻は、こう息子に話している。「ママは人をほめたい人だよ。だから、みんなに好かれるんだよ。ほめ上手が一番、人から好かれるよ」。

そうした明るいいたずらを大胆に進める一方で、自分の身に起こった悲劇については、依然落ち込むことが多かった。

落ち込む妻を見るのは辛《つら》い。ベッドに横になり、天井を見たまま、何も言わない。気づくと、眼を真っ赤にしていることもある。

少しでも元気づけようと、休んでいた小学校に再び通い始め、なかなか病院に来ることができなくなった息子に、夜、妻の携帯へ電話をかけさせることにした。

電話をもらった妻は楽しそうに息子と話したあと、「やっぱり、寝る前にママの声が聞きたいんだね。大ちゃんはあなたに似ているのに、どうしてこんなに可愛《かわい》いんだろう」という。妻のへらず口が妙に嬉《うれ》しかった。

五　仕事に復帰する決意

初台リハビリテーション病院へ移って、一ヶ月余りが経《た》った。

妻は、杖がなくても一人でゆっくりと歩くことができるようになるなど、かなりの回復をみせ始めていた。

四点杖が一本杖に変わる時もさらりと行なわれたが、杖ありが杖なしになった日も、「きょうから杖なしでお願いします」と宣言があり、すぐに杖が撤去された。ごく自然に、すいっすいっとステージが上がっていくのには驚きを超えて、戸惑いさえ感じたほどだった。ただ、もちろん、その裏には、療法士も患者も根気が勝負のリハビリ治療が存在していた。

当初は、ずっと寝たきりの可能性もあったのだ。また、ずっと車椅子《いす》を使うことになる可能性もあった。そうした事態は、この病院のおかげで、乗り越えることができそうだった。

妻は、口も達者になり、冗談も飛ばすようになった。皮肉もいう。もちろん他人への気遣いも見せる。

一緒にいると、リハビリをしている時以外は、すぐに疲れてベッドに横になりたがるのをのぞけば、かなりしっかりして見えた。

しかし、よく見れば、ベッドから車椅子に移るときも、食堂の椅子に腰掛けるのも、お風呂《ふろ》に入るのも、パジャマに着替えるのも、すべて介助者の手助けか、手は貸さなくても、徹底した見守りが必要な状況だった。

自分一人でできることは、文庫本を右手で持って読んだり、食事のあとに歯を磨いたり。いずれも器用にやってみせるが、できることはかなり限られている。

また、時々、いう事がちぐはぐになり、難しい漢字も忘れてしまった。口は達者で、「私のことは気にしなくていいの」などということもあるが、こうした妻を見るにつけ、私は果たして仕事にすんなり復帰してよいものか、悩んだ。

妻を一人病室に置きざりにして復帰するような残忍なことはできない、と思った。今後は家族の幸せを第一の目標に据えて戦うのだ、それが大事なのだと考えていたから、身動きがとれないでいた。

仕事場には定期的に報告を入れ、その都度休みをのばしていた状態だった。入社以来、有給休暇はまったくの手つかずであり、介護休暇をとること自体に問題はなかった。親戚《しんせき》や一部の友人からは、「そろそろ仕事へ復帰して落ち着いても大丈夫ではないか」とのアドバイスをいただいた。が、「それもそうだ」とはけっして思えなかった。私は仕事に命を懸け、まったく手を抜かずにやってきた。「仕事しかない」人生を送ってきた。そのことに誇りを持ってきた。

しかし、そうして妻や息子との生活を顧みなかった報いが、今回の事態の一因となったことも否定できなかった。

そうした環境が変わらない中で復帰するわけにはいかなかった。しかも、病院という、妻の治療を支えているつっかい棒が、退院したら無くなってしまうのである。そんななかで、環境を改めないまま今までのように仕事に戻るのは、危険だと思った。すべてを失う可能性すらあった。

私は、周囲のアドバイスを聞きながらも、自分で復帰の時期やタイミング、対応を決めるしかないと思った。

また、私には看病による疲労が蓄積していた。病院へ向かうバスに乗りながら眠ってしまい、乗り過ごすことも頻繁におきていた。そこに仕事を背負い込むことは、「自爆」を意味している。

悩む私を押したのは、他ならぬ妻だった。妻は、ある夜、真剣な声で「今後は私たちを大事にしてください」といいながらも、「私をあなたの重荷にしないで欲しい。私を憐《あわ》れむのはやめて。なんでもできるようになって欲しいと頼られると、また病気になってしまう」と続けた。

そして、「あなたは置き去りにしてきた視聴者に責任があるんだから、仕事に戻りなさい。怖がってちゃダメよ」といった。

この言葉に背中を押されるように、妻が倒れてから実に三ヶ月弱、転院して一ヶ月後に、私は妻に付き添ってきた日々から、社会生活の場へ、震える足を半歩踏み出すことに決めた。

私は、事情を知っていて、特に私の復帰を心配してくれていた人々に、以下のようなメールを書いた。

〈ご心配をかけてきました。

突然妻が「命を争う病」におちいるという（私は「家庭内テロ」と呼んでいます）事態から、ようやく暫定《ざんてい》復帰する運びとなりました。妻はいまも闘病中で、さまざまな状況を踏まえて月曜から木曜まで仕事をし、金曜は介護休暇を取る（番組には出演しません）形となります。

私の身体《からだ》も心の中も日常生活も、いまも同時多発テロ直後のニューヨークのようにぼろぼろですが、自らは大きく傷ついた妻が「あなたは置き去りにしてきた視聴者に責任がある」と今回背中を押してくれました。

正直不安は大きいですが、がれきの中からゆっくりとでも立ち上がれれば、と思っています。〉

また、復帰時の放送上のコメントを、以下のようにすることにした。

「家族の看病でお休みをいただいておりましたが、この間、ご心配をいただきありがとうございました。実は、妻はたいへん重いくも膜下出血を発症して倒れまして、いまなお闘病生活を続けています。今後もご理解いただかねばならない局面もありそうですが、しっかりとニュースをお伝えしていこうと思っていますので、どうぞよろしくお付き合い下さい」

自分と家族のご飯を炊《た》き、食事の支度を整え、全員分の洗濯をし、ゴミを出し、子どもの学校に絡《から》む動きを把握し、子どもの心のケアにも留意する。それでいて、さらに日々の会社での仕事も隙《すき》なく果たす。そんな神がかったことをこなすのは、やさしいことではない。

ただ、可能であれば、その難しいことをなんとかこなしたいと私は思った。不安はたくさんあったが、さまざまな策を練った上で、私は仕事への復帰を果たした。

私は番組に臨む方針も、いくつか変更せざるを得なかった。

「ニュースＪＡＰＡＮ」は、「視聴者と一緒に、ニュースを通じて、私たちが生きている社会を考える番組」とコンセプトを定めてきた。番組そのものは正味二五分余りと短いが、その中で、毎夜、考えるポイントを織り込み、インパクトのある形でニュースを提供することに神経を使ってきた。小品ならではの生き方を探ってきた。

二〇〇三年にアンカー役を引き受けて以来、私が大事にしてきたポイントが三つあった。

ひとつは解説委員とのやりとり。他の局のニュース番組がどうしているかは知らないが、番組の時間が短いせいもあり、非常に厳密な時間の割り振りがなされていた。私の解説者への「振り」と呼ばれる導入部が一〇秒。解説者の持ち時間が五〇秒。解説者から戻って私がまとめるのが一〇秒だ。

つまり、わずか一分一〇秒の枠なのだが、世の中に「主張」する番組としてこのパートは、解説者にもアンカーの私にも、しっかりとした目線設定が要求された。

私が、とりあげる事象を完全に理解しないままで解説者へ問いかけたり、話を括《くく》ったりすれば、解説者の話は輝きを放つ事ができない。「番組がぴりっとしている」とお褒めの言葉をいただくことがあったが、それはこのパートがしっかりと「主張」する役割を果たしていたからだと思っている。

解説委員は、政治畑の和田圭《けい》解説委員（当時）と社会畑の箕輪《みのわ》幸人《ゆきと》解説委員（現フジテレビ取締役報道局長）の二人なので、日本をとりまく政治状況や社会事象がネタとなった。

私は、二人が解説するネタは、事前に徹底的に掘り下げて、二人と同程度まで事態を理解することに苦心した。そうしておいて、番組を見ている視聴者目線へ引いてみることで、いい加減なノリではない「振り」と「まとめ」がようやく生まれてくる。たとえその「振り」が「箕輪さんはどう見ますか」という誰でも言えそうな一言であっても、実はそこにたどり着く前に、かなりの下準備をしていたのだ。

「テレビの世界はノリとカンだ」と、テレビ稼業《かぎょう》につく人々は分かったようなことをいうが、私はそうは思わない。家庭の食卓や居間にいわば土足で入り込むテレビ番組が、「ノリとカン」で作られて良いわけがない。そうした番組が泡のように生まれてくるのも事実だが、それらはまた泡のように消えていく。

どんな番組にも「魂」が必要なのだ。私は「ニュースＪＡＰＡＮ」の魂は、この解説コーナーだと考え大事に関わってきた。

二つ目のポイントは、内輪では「VIEW POINT」と名付けた私自身の解説コーナーである。実は私は、フジテレビの国際関係の解説委員でもあった。国際問題への「視点」を視聴者に説き明かすのが仕事だったが、私はありきたりの「視点」ではなく、他局より丸一日は早い情報を拾い上げ、他局では得ることができない内容を、毎日ひとつ展開しようと考えてきた。

他社のテレビより一二時間早く、新聞より丸一日早く伝えたい。私がお伝えする情報が関心を持って見ていただけたとすれば、それはその情報に手垢《てあか》がついていないかららだと思う。そうした情報を整えるのは私の楽しみでもあり、苦しみでもあった。

この二つは、番組のへそでもあるので、復帰後も続けたが、看病をしていることで、これまでのような十分な時間が準備にかけられなくなることは明白だった。

このため、三つ目のへそであった番組の最終部分に流していた一分三〇秒枠の「ペリスコープ」というコーナーは、三〇秒枠の「BLOG JAPAN」というコーナーに変更した。私は「ペリスコープ」を始めた時、このコーナーを「千夜一夜物語」をイメージして生み出した。日々のニュースの最後にもう一つ考えるネタを提供し、頭も使ってもらう。その上で「今夜はここまでに致しましょう」と、その日を閉じる。

私はこのパートのネタ探しから原稿書きまでをすべて自分でしており、毎夜その晩にぴったりのネタを探すことを、苦しみながらも楽しんできたコーナーだった。すでに一千本近くのネタを提供してきたが、これを続けることは、物理的に不可能だった。「BLOG　JAPAN」は、同じ趣旨で展開しながら、時間が短いので私の負担は大幅に減った。

その他にも変更せざるを得ない点や、時間を割けなくなった点がいくつか出た。私は、もう少し工夫の余地がないか、と知恵の出ない自分を責めたが仕方がなかった。私と子どもの二人で家の日常生活を回していくしかなく、妻が二四時間「見守り」が必要となれば、仕方がなかった。

幸いにも、スタッフの温かい理解に守られ、相方の滝川クリステルさんも、細かい内情は一切聞かずに、私をよく支えてくれた。その心遣いが胸に染みた。

しかし、現実は甘くはなかった。私の眼前に広がる道は、これまでとはケタ違いの険しさであった。後に私は、そのことを苦い思いとともに知ることになる。

六　妻を迎える準備

転院から二ヶ月ほど、帰宅へ向けてのリハビリは加速していった。

ある日は、理学療法士の伊藤さんから「重心の移動」を学んだ。「どこまで移動したら倒れちゃうかとか、すごい疲れるの。ぎりぎりまで踏ん張って、また、重心を元に戻さないといけないから」。

「重心の移動」の訓練は、入院生活の早い段階から退院まで続いた。要は、いったんはなくなってしまった半身の感覚を取り戻す作業のようだ。感覚が薄い半身に重心をかけるというのは、ちょっと怖いように思うが、重心をかけても倒れないという「事実」を学ぶことで、少しずつ感覚を取り戻していくそうだ。

この日は、作業療法でも、ＯＴのゆきちゃんと、左足に重心を置く練習をした。左から右へ重心を移して倒れないようにする練習。それと、お手玉を床に落として、左足に重心を移して拾う練習をする。さらにゆきちゃんは、妻が「人形がもう一度作れるようになるには左手が大事」といったところ、一生懸命に左手を見てくれているそうだ。

妻は、左腕の感覚はあまりないという。これに対して療法士たちは、筋肉と感覚は別物だとの観点から、どの筋肉をどう使えば動かせるようになるのかを考える。鏡を使って、患者に自分の目で確認させながら、取り戻したい動きを組み立てていくのだ。大きな姿見の前で、まっすぐ立つ練習も行なわれた。まっすぐに立った時の感覚がはっきりしなくても、その時にどういう姿勢になるのかを確認させる。正しく立った時に、頭や肩がどの位置に来るのかをしっかり理解していると、再現しやすいというわけだ。

この際に邪魔をするのが重力である。健康ならば意志だけで上げられる腕やひじだが、それができないのだ。重力に逆らって動かす練習を、気が遠くなるほど何度も繰り返していく。

こうした訓練を、毎日、手を替え品を替えて繰り返すことで、妻は少しずつ自分の足を取り返していった。

妻は自分の左手がこぶしの形になったままなので「こぶちゃん」と呼んでいる。ある日は、作業療法士の浜中さんにこぶちゃんの面倒を見てもらった。病室のベッドの上で、アメリカ転勤時代の話をし、笑いを誘いながら、麻痺《まひ》している肩から「こぶちゃん」の一本一本までを丁寧にほぐしてもらう。

またある日は、福崎さんに久しぶりにお化粧をしてもらったと喜んでいた。女性は、化粧をすることひとつで心の張りがまったく違うようだ。こうした精神的、物理的な助けひとつひとつが、妻を元気にしていった。

一方で、気がかりなこともあった。

ある日、妻は「CTを撮った」と言った。定期的に脳の状況のチェックが行なわれているようだ。実はこの時、家族はまったく知らなかったのだが、碑文谷病院でいったんは大丈夫と見られていた「水頭症」に対する懸念《けねん》が、依然くすぶっていたのだった。この時期までくれば、もう心配ないと思っていたのだが、ことは教科書通りには運ばないのであった。

妻が発病以降弱くなったのが、数字と漢字である。それに注意障害が合わさると、不思議な事態が起きる。

たとえば、妻は「感謝」の「謝」の字を忘れた。誰にも感謝の気持ちを忘れない妻が、「謝」の字を上手《うま》く書けないのは悲しかった。他にもしんにゅうのある漢字は、すべてしんにゅうを忘れて書くなど、正確な形で思い出すことが困難な漢字がいくつもあった。漢字など、辞書を使うことさえ覚えていればどうにでもなる、とは思ったものの、能力が失われてしまったわけではないことを祈った。

日付は、当初、きょうが何日で何曜日かを忘れやすかった。病院では新聞を読んで、日付を確認するように指導された。これもまた、高次脳機能障害が悪さをしているのだった。

病院というところは、毎日規則正しく単調な生活となりがちだ。そのために日付や曜日を忘れやすくなるのだと思ったが、原因はそれだけではないようだ。仮に今日が日曜日と分かっても、しばらくすると息子に「学校へ行く準備はできた？」といったりする。「でも、きょうは？」と訊《き》くと、「あ、そうだった。きょうは日曜日だね」と答える。

日曜日には学校へ行かない。この基本事実をすっかり忘れてしまう。だが、誰かからその事実に注意を向けてもらえば、自分で「日曜日」＝「学校へ行かない日」という図式を思い出すことができるのだ。どこかに隠れていた関連性が突然、出現する感じである。これも高次脳機能障害によるものだと思うが、そのメカニズムがよく分からず、家族は大いに戸惑い、心配もするのだった。

また、太陽はどちらから昇るかと尋ねると、自信たっぷりに「西」という。「東からだよ」と指摘すると「分からない」という。さらに妻は、「マンガの『天才バカボン』で言うじゃない。『西から昇ったおひさまが』って」とつけたす。顔を見ると、冗談で言っているのではないようだ。確かに、太陽が東から昇ろうが西から昇ろうがたいした差ではないと思う。

だが、やはり心配だ。「太陽が上がるのは、『天才バカボン』の反対なんだ」と教えると、それからは二度と間違えなくなった。もっとも、「東」と答えたあとで「『天才バカボン』の反対だから」と補足するようになったが。

こうした時、本人はけろっとしており、間違いを指摘されたときの返し言葉である「あっ、そうか」というのが、口癖のようになっていた。

とはいうものの、普段の理解力や記憶力、推理力や情動面はいずれもしっかりしているように見える。人の名前を記憶する力が最近落ちている私より、はるかによく記憶していることも多い。療法士さんの名前も間違えないで言える。このギャップがあまりに大きいので、私は戸惑ってしまうのだった。

さて、帰宅にあたっては家の改修が必要であった。

今の家では、玄関の上がり框《かまち》に始まって、部屋と部屋の境の段差や、脱衣所と風呂《ふろ》場《ば》の床面の差など、妻が歩行するのに障壁となるものだらけである。

これらを是正し、必要な個所に手すりを設けて、転倒の危険を回避する必要があった。頭を手術した以上、転ばせるわけにはいかなかった。

どこをどう改修するかを見極めるため、病院の指示で、妻を久しぶりにテスト帰宅させることとなった。妻は、作業療法士のゆきちゃんと理学療法士の岩澤さんに付き添われてわが家を訪れた。妻が自分の家を訪れるというのもちょっと変な言い方だが、滞在時間はわずかに三時間程度だったので、本当に「訪れた」という感じだった。

建築士とケアマネジャー立会いのもと、家の中でのさまざまな動作を確認した。ただ、妻は、久しぶりに帰った家で、ほとんど身動きがとれず、椅子《いす》に座ったまま途方にくれた感じだった。

自分が住み慣れた家も、いまは、どこか別の星に降りたようであったろうと思う。

妻は「椅子から立ち上がって、皆さんにお茶ひとつ入れることができなかった」と病院に戻ったあと涙ぐんだりしたが、帰宅後の生活をフォローするためには、妻に来てもらい改修の話を詰める必要があった。

その改修は、いくつかの点で壁にぶつかった。

ひとつは、階段の手すり。いま付けてしまうか、もう少し後まで様子をみるか、この点が議論になった。将来的に、誰かが一緒について一歩ずつでも二階へ上がれるようにと訓練を積んではいたが、現時点では無理であった。しかし、病態を失認していると、手すりを使うことで簡単に二階に上がれると錯覚して事故につながることが懸念された。

また、妻が二階に上がれるようになった場合も、後ろ向きで右手で手すりにつかまりながら降りるか、前向きのまま腰を一段一段階段におろす形で降りるかも論議になった。結局はえいやと思い切って、妻が帰宅するまでに手すりをつけてしまうことにした。これは介護保険で賄《まかな》えず、一〇万円強かかった。

もう一つの焦点は、風呂であった。

自宅の浴槽は昔風の深いものだったので、妻を入れることはできたとしても、風呂から上げるには二人がかりの介助が必要だ。それを一人でこなすためには、浴槽そのものを取り換えなくてはいけない。

私は、妻が風呂にゆっくりつかれるほうがいいなあと考えたが、改修には二〇〇万円かかるといわれた。今後何にいくらかかるかが不透明な中で、この額をぽんと出すわけにはいかなかった。風呂の話をするために、建築士やケアマネジャーとの応酬が続き、いつもの時間に病院に行けない日もでてきた。結局、風呂については、妻の二度の一時帰宅を経た上で話し合い、当面はシャワーを使うことになった。

だが、冬場には、この寒い風呂場では入浴時に血圧が上がって頭によくない。この問題は、数ヶ月先の夏になったら着手することにした。

七　妻の落ち込みと家族のへこみ

三月三日のひな祭りが迫って、妻は友人の皆さんからカードをいただいた。開くとひな段が飛び出すかわいいカードだ。さっそく病室内に飾った。病に倒れてこの方、外の世界とは一切断絶されている妻であった。その外の世界に住む妻の友人たちの心配りには、頭が下がるばかりだった。

妻は、自分の負った病気の重さを感じてだろうが、なかなか友人と電話で話をする気にはならなかった。「あとでいいよ」が口癖だった。だから、妻の病状やリハビリの日々は、私が電話して伝えるしかなかったが、友人たちは、寂しい妻の病床に、妻からの返事を期待せずに人形やカードを送り続けてくれた。私は心の中で感謝の手を合わせながら、それらを病室に飾り続けた。

私は仕事場へ行く前に病院へ通う生活に変わった。子どもとの家庭生活と病院にいる妻、そして仕事と、三方向に気を働かせ、身体《からだ》を動かすことになった。

妻が退院すれば、直面する現場が三つから二つに減るが、逆に病院という支えがなくなる。これがどれくらい大変なことなのか、この時点ではさっぱり分からなかった。もしどうなるか分かっていたら、自宅に帰す決断が鈍っていたかもしれない。

病院の場所が遠くなったため、双方の親戚《しんせき》一同はめったに姿を見せなくなった。したがって、妻の洗濯ものをはじめとした細々とした用事は、すべて私がやらねばならない。「何かあったら手伝うから言ってくれ」と言われても、毎日「何か」があるので、正直、返事に困った。

多くの人の助けが必要だと思いながらも、妻の本当の心の内を覗《のぞ》き、ケアできるのは、家族しかいないのも事実だった。

このころの妻は、落ち込むと「あの時助からなければよかった」、「私の人生、これからどうなるんだろう」と、どきりとするようなことを言って泣いていた。妻の心の内を思うと、私だって泣きたい気分だった。

だが、気持ちを引き締め、なお、妻の思いに敏感にもなって、それを嚙《か》み砕き病院側にも伝えて、うまくケアしてもらうことに心を配った。ナースや療法士さんらと妻との心の架け橋役となりたいと考えた。

妻は、私が、当夜の番組の準備などで自宅で手間どっていると「寂しいよ」と電話してくる。私は、資料を読み込んだり、原稿を書いたりを、朝から眠い目をこすりながらやっている。緻密《ちみつ》な仕事にしようと思うと、何時間あっても足りない。でも、時間になると部屋をかたづけ、自分たちの洗濯をし、発生しているニュースのその後を追い続けながら、病院へ向かう。

一日が四八時間あり、かつ、人間が三時間しか寝ないでも生きていける生物なら、私はこの事態をかなりうまくこなせたと思う。だが、ストレスは日を追うごとに高まっていき、私はめまいを再発させたりもした。ストレスはなるべくなら発散させるべきであったが、なんの気休めも見つけることができなかった。

大好きな映画をDVDを借りて見ることもあったが、気分が入っていかない。現実の圧倒的な重みに比べて作り物のストーリーが薄っぺらく見えてしまうのだ。この先々の暗い未来ばかりが頭に浮かんだ。

妻も辛《つら》い。息子も辛いだろう。そして私も辛い。その三人が心を寄せ合ってやっと生きていける、そんな日々だった。

ある日のメモ。

「初めて病院での入浴の状況を見学する。家庭で入浴する際の参考にするためだ。左足を壊れ物のようにそっと風呂場のタイルに置いて、恐る恐る歩いている。浴槽は縁《ふち》の部分が広いと腰かけられたりして便利。それと洗い場には、腰かけた状態でまっすぐ石鹸《せっけん》やシャンプーのボトルが手にできる位置に棚があるのがポイントだと思った」

病院から、家庭内で私がすべきことをいろいろ教わった。薬の飲ませ方や、カロリー制限をした食事の作り方などもあった。皆さん、丁寧に教えて下さり、いまに至るもとてもありがたいと思っている。

お風呂の介助法は、想像以上に大変なのにびっくりした。

風呂は、身体を清潔に保つためばかりでなく、気持ちをリセットするためにも大切な場所だ。ゆったりと湯船につかったり、シャワーを浴びることで、気持ちをリフレッシュできる。だが、妻のように身体に麻痺を負った者には危険な場所でもある。石鹸が床をつたい、つるつるとしていて、あっという間に滑って転ぶ危険性が高い。浴槽内も、滑れば溺《おぼ》れてしまうかもしれない。

風呂の介助をする病院職員は、患者がけがをしないように、細心の注意を払って動いていた。慣れている職員でもそうなのだから、私はなおさら、介助法をしっかりと身につける必要があった。

風呂を手伝った後、帰宅したらあそこが大変だろう、ここが難しいだろうと話していると、妻は、「一つもいいことがない」と泣く。

そんなことはないよ。頑張ろう。生きているんだからそれで十分だと思う。

別の日のメモ。

「きょうは、新しくできてきた花柄模様の大胆かつクリエイティブなプラスティック の装具を、岩澤さんに足にあわせてもらって履く練習を何回かしてから、歩いてみて いた。新しい装具は軽そうだ。黒い靴もあわせて買った。装具と靴を脱いで、裸足《はだし》で 歩く練習もした。

妻は電話で息子に『ママも元気にやっていますから』」

息子は学校があるので、そう頻繁に病院通いをするわけにはいかない。電話で息子 の声を聞いて、妻が少しでも前向きに元気になることを願った。また、息子にも、電 話で話すことで少しでも寂しさを薄めて欲しかった。

その翌日のメモ。

「装具二日目。足首のしわに装具の一部があたって痛いというが、歩く練習を続ける。 『こぶちゃんが、ほら動くよ、よくなるよ』と妻にいうとじわっと泣く。泣かないで。 よくなるよ」

妻の左手のこぶちゃんが、いつか起きる、すなわち手が大きくひらくことを願って リハビリに励んでいた。療法士さんたちも、いつしか「こぶちゃん」と呼ぶようになっていた。

作業療法では、こぶちゃんのストレッチをしたり、右手で左腕を支えながら、布巾《ふきん》を持たせたこぶちゃんを前後に、また時計回りに動かす。

日常生活がいろいろ変化するなかでも、訓練は黙々と続けられた。

装具を履いて歩行する訓練に加えて、素足になって、左足で立つ訓練も行なわれた。この訓練は難しい。左足のひざをきっちりとまっすぐにする力がなければ、くにゃっと曲がってしまう。突っ張る力の強い左足をしゃんとさせた状態で、左右に体重を移動させる行為を、なるべくリラックスしながら進めなければならない。

「自分でどれくらい右足が上がるか分かりますか」。岩澤さんの声が飛ぶ。「倒れそうで緊張しちゃう」と妻。「大丈夫。左足の突っ張りは弱いし、感覚も問題ないと思いますよ」「でも、左足が曲がっていても分かんないし」。妻は、とまどいの表情を見せる。

「こわいですか」

「うん」

「いま、そんなに緊張してないですね」

「うん」

返事には余裕がない。

すべてはバランスの世界。高い台に乗る時は右足から。降りる時は左足から。なぜなら降りる時には力がいらないからだ。

妻は、花柄模様の装具に、まず左足のふくらはぎから入れて、装具の上部にあるベルトを止める。そのあと、装具を履いた足を床にとんとんとんとぶつけながら踵《かかと》を入れ、残った足首とつま先のベルトを着ける。

「頼もしいなあ、とんとん。頼りになるなあ、とんとん」と思って履くそうだ。

なかなか余裕がない日が続く。私が病院へ行った時から泣いていた日もある。涙を流しながら、「私は介助はいらないの。見守りが必要だけど。だから、転んでケガすることだけを考えて」という。私も一緒にへこんでしまう。

そんな時、弟嫁が来て、弟からの本を差し入れてくれた。本のタイトルは『求めない』。「求めない。すると、何かが変わる」という考え方を、いくつもの短い文章で重ねてあった。老子の思想に傾倒されたという加島祥造さんがお書きになったこの本が、私と妻の新たなバイブルになった。

また、漫才師の島田洋七さんがお書きになった『佐賀のがばいばあちゃん』シリーズの文庫本も、苦しい中でどう明るく生きるかが記されていて、妻の愛読書になった。読んで心を落ち着かせることができたようだ。同じ本を何度も何度も読み直していた。一行一行をゆっくりと頭に入れながら、自分の血や肉にしているようだった。

身体が敏感になっており、暑さや寒さを強く訴えるようになっていた。時々コントロール不可能のように体調が悪くなることもあった。

また、むっとしたように口をきかない日もあったし、いくつも皮肉や悪口をぶつけてきた日もあった。それを受け、私も強く反論することがあった。いたわるだけでは夫婦とは言えないのではないかという気持ちにもなった。私もますますへこんでしまい、へこむと『聖書』や『求めない』を読んだ。

ある晩、私が帰り支度をしていると、妻は、病室のベッドに横になって窓の外を見ながら「円盤がこないかなあ」といった。UFOが来て、自分の身体を治してくれたら、というのだ。このときも、私は胸が詰まるような思いがした。しばらくは何をするのも難しいということを、本人が認識しているのだと思った。これまでとは違って、自分自身が足手まといになる可能性もよく分かっていたと思う。

だが、妻だって何かができるはずだ、と私は考えた。

その「何か」が何なのかは、いまは分からない。だが、その「何か」を見つけ出し、そのために日々努力することが、これからの生活で、もっとも大切なことだと思った。落ち込む妻に対し、作業療法士のゆきちゃんは、「松本さん。松本さん」と呼びかけながら、いろいろな指導をふわっと出してくれる。

その様子を見て、松本さんのために、皆、一生懸命やってくれている。すごいじゃないか、と思った。私も妻と頑張りたい。妻の言うように、いつの日かすべてが「笑い話」になることを信じて、その日を目標に頑張っていこうと、病院からの帰り道に、円盤のこない空に向かって誓った。

八　いよいよの帰宅

二〇〇八年四月一日。

「ああ、きょうはウソをつかなかったなあ」「みんな期待してたかもよ」「期待してたね。きょうは何日ですかって、何度も尋ねられたから」。

そろそろ退院の日が見え始めたこの日の夕方、私は、遠く丹沢山系や富士山を望める妻の病室にいた。私は、ここひと月半ほどそうしているように、病室の椅子《いす》に座って、妻と話しながら、その日の放送用の原稿の一部をパソコンで書いていた。

私は、過去に「情報デスク」という肩書の、戦争やテロが起きた際の特別なデスクを担当したことがある。湾岸戦争やイラク戦争、そして「同時多発テロ」の際に、本筋の情報の細部に分け入る情報をつかまえて伝えることを仕事とした。その際、自分に課したのは、自分ですべての原稿を書く、という一点だった。テレビのブラウン管を通じて情報を伝える中で、自分が本当に咀嚼《そしゃく》していない情報は伝えたくないという思いがあった。

「ニュースJAPAN」を担当するにあたっても、私は「他人の書いた原稿は原則読まない。一回、自分で咀嚼して、書き直すか、自らが掘り下げた事実を加えて伝える」という目標を定めていた。「人間が伝えるニュース」という「匂《にお》い」を番組に醸《かも》し出す上でも、この一点は非常に大切だ。だが同時に、この作業がどんなにたいへんで根気と手間を必要とするかは、ニュース業界で働いたことのある人ならご理解いただけるのではないかと思う。そんな手法をあえて選んだのは、それが視聴者への私の誠意だと思ったからだ。

「あなたは視聴者に責任がある」という妻の一言は私を押してくれたが、その責任を、介護がメインの生活で果たすためには、新たな手法を編み出す必要があった。その答えが「海外への出張取材をしている特派員」のイメージだ。

つまり、パソコンと携帯電話と録画可能な携帯テレビを携えることでどこにいようとニュースを追える環境を作った。その三つが、私の日常生活を支える新しい「三種の神器《じんぎ》」になった。そして、出先のどこでも、それこそ病院へ通うバスの中や病室でも原稿を書く、という手法を実行した。

退院直前、妻はリハビリの仕上げに一生懸命に取り組んでいた。自宅でしっかりと安全に生活できる、ひとりで留守番ができるようになるというのが、退院にあたり初台リハビリテーション病院が立てた目標であった。

療法士さんたちも寸暇を惜しんで、最後の調整に心を配ってくれた。

伊藤さんが到着地の目標となって廊下に立ち、妻に手を振って誘導する。いつもの温和な笑顔を見せながら「松本さん、すごいじゃないですか。素晴らしい」と声をかけてくれる。

歩くコツは「肩の位置」「腹筋」「身体の重心移動」「右足の歩幅の大きさ」にあるようだ。病院の廊下を、療法士の指示を守りながら注意深く往復して歩く妻は、ぎこちなさがとれて、時には、発病などしなかったかのように歩いていると思えた。

退院の日が近づき、周囲はあわただしくなった。退院後に妻がお世話になる予定の自宅近くのSリハビリ・クリニックも、妻の様子を見に病院まで訪ねてきて下さった。病院から自宅へ、戦いの場が移りゆく事を実感させられた。

急性期の病院で命を拾い、リハビリ病院で回復を続けてきた妻は、私たち家族とともに、家庭という実生活の場での戦いに臨もうとしていた。「完全看護」の支えが外れる中で、乗り越えるべき新たな高い壁がいくつも存在する。まだ見えない壁もあるだろうと思った。私は、再びじわじわと緊張し始めていた。

妻は、ひとりひとりの療法士の方たちにお礼のカードを書きたいといった。

何枚ものカードを買って病院へ持っていった。カードは息子が選んだもので、子熊《こぐま》のイラストに「こころからあふれているのはありがとうの気持ちです」と書かれていた。息子の温かい心が伝わるようで、妻も喜んで「大変お世話になりました」などと、メッセージを書きくわえた。

帰宅前日。私は、去年一一月に妻が倒れて以来、実に一四〇日余を一緒に頑張ってきた息子と自宅近くのレストランへ行って、私はビール、息子はウーロン茶で乾杯して祝った。息子は私の理解者であり、実に頼もしい「相棒」になってくれたと思う。これからも頑張ってくれよ、と頼んだ。味方がすぐそばに一人ついていてくれるのは、これからなお続くであろう厳しい道を思うと、大変に心強かった。

退院の日。妻は、午前中も、そして午後も、いつもと変わらぬ懸命さで、入院生活で最後となるリハビリをこなした。それまで覚えたことを復習するように、ひとつひとつの動作に丁寧に真剣に取り組んでいた。

リハビリ訓練室では、妻が「磔台《はりつけ》」と呼ぶボードに乗って足の筋を伸ばし、室内の廊下を歩いて、ストレッチをした。手のマッサージや腰のマッサージも念入りにしてもらった。自宅では当面、シャワーしか入れないので、最後のお風呂《ふろ》にも入れてもらった。

私は退院の時間の午後三時が来るのを待ちながら、しばし、これまでの日々を振り返っていた。妻は、グレード5という重篤《じゅうとく》なくも膜下出血を発症して、命を拾い、ベッドで寝返りすらうてない状態から、車椅子に移れるようになった。そして、重い麻《ま》痺《ひ》を負いながらも立てるようになり、そして何より、ゆっくりと一歩一歩だが、また、見守りが必要だが、歩けるようにまでなった。

この間、私も妻もそれまではあまり縁が無かった病院という世界にどっぷりとつかり、たくさんの人々に出会ってきた。そのひとりひとりが、皆さん、いいひとであり、妻の「復活」に力を貸してくださった。そのおかげで、妻は、家庭の場へ戻れるまでになったのだ。

私はこの記録を通じて、私が出会った医師や療法士、ナースたちにエールを送りたいと思う。人間の生と死に立ち向かうことにはどれほど勇気と理性と根性が必要か。この数ヶ月間、彼らが妻に生きる力を与えてくれるようすを目にするなかで思い知った。彼らの無私の気持ちには頭が下がる。

息子と私は、退院にあたって、三つの目標を定めた。

毎日必ず、妻のリハビリに手を貸すこと。

明るくポジティブに生活するよう努めること。

妻の自立を目標とすること。

そして何より、岩澤さんの言葉を借りれば「しっかり安全に生活できること」が大切だと思った。

療法士の皆さんは、私と共に、妻の一日のスケジュールも検討してくれた。ヘルパーさんや訪問看護の人々のシフトをどう組み立てていったらよいかについても、さまざまなヒントを与えてくれた。

大切なことがいくつもあった。ひとつは血圧の管理。これまでは血圧計などとは無縁の生活だったが、とても大切なものになった。また、適切な血圧の数値を維持するため、食事で塩分を取りすぎないように指導を受けた。一日七グラム以下の塩分にすることが大切だった。栄養士さんが私に直々に食事の作り方のレクチャーをしてくれた。

そうして沢山の指示やアドバイスやアイディアをいただきながら、私は、これまで踏み込んだことのない生活への海図を作っていった。実際にその海図がどこまで頼りになるかは分からなかったが、海図なしに漕《こ》ぎだすには、あまりにも危険な海に思えた。

そして、とうとう退院の時を迎えた。

私たちは、病棟のすべての療法士やケアワーカー、ナースに頭を下げた。

皆さんの温かい応援に涙を見せながら、妻は装具をつけた足でゆっくりと歩きながらエレベーターに向かった。

「頑張ってくださいね」「しっかりね」「また会いましょうね」。

笑顔と涙の中で、エレベーターの扉は閉まった。

これがドラマなら、退院する妻と息子と私が、病院の玄関で建物を振り返り、待っていたタクシーに乗って、去っていく場面となるだろう。大俯瞰《ふかん》で病院と三人を乗せた車を押えたカメラは、ゆっくりと東京の街並みにパンして、三人の家族の物語は、フェイドアウトしてエンドマークが出て終わりとなるだろう。

だが、残念ながら、現実の方はそう簡単ではなかった。退院は、「普通の家族」を取り戻そうという三人にとっては、新たな戦いの始まりに過ぎなかったのだ。私も妻も子どもも、退院後の家庭生活の中で、大きく混乱し、悩み、涙を見せることになった。

最大の難題は、個人としての妻が、何を今後の生き甲斐《がい》にしていくかにある。いまは、袋小路にはまったようで、心から笑うのは難しい日々だが、すこしでも楽しいと思えるような人生を送るためには何が必要なのかを一緒にじっくりと考えていきたいと思った。

息子の元気を考えることも大切だ。息子の元気は、妻の元気につながるからだ。以前はあった母親による注意やケアがなくなるが、まずは、きちんとした学校生活を支えることに力を尽くそうと思った。

ゲームをするなとか、友達と過ごす時間をママに譲れ、というのは簡単だったが、息子自身の時間も考えなければならない。とすれば、ここは息子をもっと信じることが必要だろう。

息子はいま、一歩一歩、大人になっている。その様子を見守る楽しみを、妻と再び分かち合えるのは幸せである。母親が家に存在することは、それだけで息子に大きな安らぎを与えるに違いない。

第三章　久しぶりの「家族」

一　遠慮のない視線

初台リハビリテーション病院から妻が帰宅したのは、二〇〇八年四月の、そろそろ桜が終わろうとしている頃だった。

妻が帰宅し、私は強い緊張を味わっていた。というのも、事前に、病院から外出して二度ほどテスト帰宅した際、あまりうまくいかなかったからだ。最初に試した時には、自宅へ戻るタクシーの中で、いきなり嘔吐《おうと》を始めて私をあわてさせた。

この嘔吐の現象も脳の障害に原因があるようだ。

脳に障害を負った患者を車椅子《いす》に乗せているときには、ゆっくりとした速度で車椅子を動かす必要がある。脳に障害を負った患者は、動いているものを目で追うときに、見えているものの情報を脳内で処理することが難しいからだ。だから、車椅子をあまりに早く動かしてしまうと、景色が次々と飛んでいき船酔いをしたような状態になってしまう。

久しぶりの帰宅の足となったタクシーは、車椅子の何倍も速く動く。しかも、でこぼこの道は、半身が頼れなくなった妻の身体《からだ》をはね上げる。妻は酔ってしまったのだ。とんだ帰宅であった。

病気前は、家の中を毎日掃除だ、料理だ、人形作りだとあれほど動きまわっていた妻が、テスト帰宅時は、ほとんどの時間、食卓の椅子にじっと座っているだけで、身動きがとれないでいた。そして病院へ戻った後、「何もできなかった」、「お茶ひとつ自分で出すこともできなくなった」と、肩を落としていた。

そうした事前の帰宅を繰り返していたからか、本番は割とスムーズであった。

これまで居間だった部屋には、医療ベッドを配置した。妻が麻痺《まひ》した左側をかばいながら起きたり立ち上がったりしやすいように、ベッドは左側から降りるように置いた。朝日が射《さ》し込み気持ちがいいように、ベッドを窓辺に近づけた。すぐ横には、これまで二階の寝室で小学生の息子と妻が寝ていた二段ベッドを下ろしてきた。息子と私が寝て、夜間の妻の様子を見守るためだ。

私は、自宅の一階を初台リハビリテーション病院の病室をイメージして整えた。歩行するのに邪魔な絨毯《じゅうたん》ははがした。装具をつけた左足がひっかからないように、段差という段差を特殊な板でなくしてもらった。妻のベッドから玄関とトイレ、そして浴室への動きを補助するために、手すりを何本かつけた。母は、脳梗塞《のうこうそく》を起こした父が実家で使っていた、がっちりして倒れない椅子を抱えてきてくれた。この椅子が、以来、妻をしっかり支える役目を荷《にな》っている。

帰宅した妻が、まずは玄関で立ったまま靴を脱ぐのを手伝い、これからは病室となる居間にゆっくりと移動させ、ベッドに横にならせて休ませた。

妻の帰宅後の生活は静かに始まった。

しかし、帰宅初日のもっとも記憶に残ったできごとは、このあと外出をした際に起きた。それは、人々の冷たい視線であった。

私は妻をささえて、近くの駅まで四～五〇〇メートルの道を散歩させようと考えた。久しぶりに家の周囲を歩けば、気分転換にもなるだろう。そんな軽い気持ちだった。妻にとっては、病気で倒れて以来、初めてとなる自宅近辺での歩行であった。

妻は、小学生の息子の友達の親たちより少し年齢が上なことを意識して、若々しく歩くことを心がけていた。いまでも、ときに、妻がそうして歩く姿が目に浮かぶ。額に垂れた前髪を直しながら、スパッツとヒール姿で元気よく歩く姿が浮かんでくると、私の胸に熱い物がこみあげてくる。妻が、病によって失った歩き方。でも、妻はいま、装具をつけた足で、足元を確認しながら一生懸命歩くことができるのだ。

その日、健常者の足なら七～八分の道のりを、妻をかばいながら、私と息子の三人はゆっくりと一歩ずつ歩いた。実に三〇分近い時間がかかった。

リハビリ病院の訓練室と現実の道は大違いであった。道路にはでこぼこがある。細い道では、車が脇《わき》を走り抜けていく。自転車も行きかう。妻は怖がって、右手で左側にある柵《さく》や塀にしがみつくようにしながら、歩いた。病気をしてからは、なぜかひどい猫背になり、まっすぐ前を見て胸を張ったように歩くことが困難なため、前かがみになる。ただでさえ周囲がよく見えないのに、この姿勢で周りの状況を把握するのは至難の業だ。

その姿勢では危ないと、私が左腕で妻の右腕をとって、道路の右側を歩くことにした。左側を歩くと、意識が薄い左腕を左の塀などにぶつける懸念《けねん》があるからだが、右側を歩くと、こんどは妻が道路側になる。これはこれで通行の車や自転車に気をつけなければならない。

健常者は、危ないと思う場所を歩く時は、さっさと通り抜けようとするものだが、障害を負った人間は、そういう場所こそ慎重に、一歩一歩確認するように歩くことになる。この違いがよく分かった。途中、装具が靴の中で擦れて足が痛くなるアクシデントもあったが、私と息子に見守られて妻は歩きつづけた。

不意に、視線を感じた。年配の女性が、買い物かごを下げて歩いてくると、妻の前でぐっと速度を落として、妻が歩く姿をゆっくりと見つめていた。なめ回すような視線だった。なんだ、と思った。また、ひとり。別の年配の婦人が、妻を射るような視線で見てくるのに気がついた。

それまでは妻の歩きを助けるのに精いっぱいだったが、この遠慮会釈《えしゃく》ない視線は、いったん気になりだすと次々と襲ってくるのであった。中には年配の男性のきつい視線もある。どの視線も、まったく遠慮というものがなかった。物珍しげな視線も、また、なぜか、腹だたしげな視線もあった。

私にはまったく初めての経験だった。

私は、声を上げて怒鳴りつけてしまいそうな自分を必死に抑えていた。

別の日、家の近くの商店街にあるイタリアン・レストランまで、妻と一緒にゆっくりと歩いた。前から気になっていたおしゃれなレストランだ。数百メートルの距離に一五分あまりかかった。

お昼前で、客はまだ一人もいないようだった。こんなところでお昼を食べれば、気持ちも華やぐかもしれないと思った。私は、いつものように私の左腕に右手でつかまる妻を、ゆっくりと、一歩一歩、レストランの方に誘導していった。レストランの前には、その店のオーナーか、コックらしい男性が立っていた。「食事がしたいのですが、空いていますか」。私は、妻が転ばないように気をつけて歩きながら、その人物に声をかけた。

「いっぱいだよ、きょうは予約がいっぱいなんだ」。男性は私たちを見ると、ひと呼吸置いてそういった。冷たい目で、妻を見ていた。「だめですか」ともう一度尋ねると、「予約がいっぱいなんだよ」と、男性は空の店内が見える店の前で、そう強調した。取りつくしまがなかった。「しかたがないねえ」と、私はつぶやいた。「別の店で食べようね」「うん」、と妻はいった。

私たちは、店に拒否されたのだと思った。昔はおしゃれだった妻だが、いまは、私が近くのスーパーの女性服売り場で買ってきた着やすい既製品が外出着だ。その日は、装具をつけていても動きやすいようにトレーナー姿であった。そんな服の女性が危ない足取りでゆっくり店に近づいてくる。その店には相応《ふさわ》しくない病人姿であったということだろう。私は、心の中で涙を流した。妻が差別をされたと思った。こんな店、二度と来てやるものか。それからは、一度もその店には足をむけていない。

こうしたこともあって、私は、妻と歩く訓練をしながらも、気持ちがふさいでいった。ただ、我が家の周りの皆さんは、心からやさしい方ばかりで、そんな妻を一生懸命励まして下さった。妻と歩く練習をしていると、「よく歩けるようになってきたわよねえ」と、必ず声をかけて下さる。「本当によかった」、「元気になったわねえ」。そういう言葉のひとつひとつが心に沁《し》みた。

歩く練習を続けるうえでの悩みは、ある日、近くの訪問介護ステーションのヘルパーさんのアイディアで、軽減することができた。

そのヘルパーさんは、「たまには車椅子にでも奥さんを乗せて、ゆっくり押してあげながら町の中を歩いてみたらどうですか」と、介護ステーションの車椅子を貸して下さったのだ。実は、帰宅当初、杖《つえ》なしで歩く訓練を続けようという考えから、車椅子は持っていなかった。だから、どこへ行くにも一緒に歩くことになり、なかなかうまくいかずに悩んでいたのだ。

その日、初めて車椅子に妻を乗せて、自宅の周辺を回り、駅まで足を伸ばした。スムーズに移動ができるのに驚いた。そんな単純なことをなぜ考えなかったのか、といわれるかもしれない。だが、必死になっている当事者には見えないこともある。車椅子を併用する、というのは頭になかった。

ヘルパーさんは、私があまりにも妻を歩かせることにむきになっているので、気持ちを和らげようとしてくれたのだ。それで私の目が開いた。訪問の看護師さんも、常に車椅子を使っていてはリハビリにならないので注意が必要だが、移動手段として使うなら構わないでしょう、といってくれた。私は介護保険を使って、車椅子を借りることにした。

妻の行動半径が広がった。ヘルパーさんに車椅子に乗せてもらって買い物に行き、近くの百円ショップを覗《のぞ》くのが、いつのまにか妻の新しい趣味になった。

難しくなった人形作りにかわって、百円ショップで買ってきた紙の箱に、同じく百円ショップで買ってきた造花を飾って、飾り箱を作るようになった。この工作を始めてから、妻の笑顔が増えた。

一方、私たちが帰宅してから、悲しい知らせもあった。

家の近くに、春には見事な花をつける大きな桜の木が目印の花屋さんがある。その店のたたずまいは、アニメの『となりのトトロ』に出てくるトトロの家を思わせる。いつも、初老の男性と女性のふたりが花を売っていた。

リハビリを兼ねて、妻とその店の前を歩いていると、男性が話しかけてきた。聞くと、お二人は姉と弟だったとわかった。その弟さんはいった。

「実は最近、姉がくも膜下出血で店で倒れたのです。救急車を呼びましたが、駄目でした」

私は驚いた。そういえば、あの元気でにこやかな白髪の女性の姿がない。弟さんは、一回り小さくなったようだった。妻に、「生き残れて良かったですね」と、涙声で声をかけられた。「おかげさまで」と妻がいった。

くも膜下出血がいかに恐ろしい病であるか。それから生き残ったことが、どれほど幸運なことであるか。私はしっかりと胸に刻みつけた。

こうして、楽しいことも苦しいことも悲しいこともある、自宅での毎日が始まった。

二　頭の固い人たち

介護保険というのは、不思議な保険である。不思議なだけではなくて、とてつもない欠陥を持った保険でもあると思う。複雑な利用細目がいくつもあり、それが個々人のケースをまるで無視し、利用者や介護者をがんじがらめにしている。

この保険をよしとする人たちは、介護保険が「公平公正」であることを拠《よ》りどころとしている。だが、社会を生きていく上で、「公平公正」を持ち出す人間は信用しない方が良い、と私は思っている。公平公正の原則は、大体の場合、単なる建前か方便にすぎず、それを口にする人間が人々をしばりつける手段にすぎないからだ。

いま、医学の世界では、「テイラー・メイド」の治療法が注目されている。「テイラー・メイド」の治療とは、既製の、画一的に決められた治療法と違って、洋服屋がひとりひとりの寸法に合わせて洋服を作るように、ひとりひとりの病態に合わせて、治療を行なうことをいう。

介護も基本は「テイラー・メイド」であるべきだ。私がそう思わずにはいられないのには、この時期に大変困難な局面に何度も直面したからである。

介護保険における朝の定義は、午前八時に始まるのをご存じだろうか。夜は午後六時までだ。午前八時前は特別早朝扱いとなり、午後六時以降は特別夜間扱いになる。この二つの時間の前後で、介護にかかる費用が大きく変わる。基本料金は、午前八時から午後六時まで。午前八時より前は特別早朝料金、午後六時以降は、特別夜間料金となる。

一見分かりやすいシステムなのだが、ここには大きな落とし穴がある。特別料金と基本料金をまたいで頼もうとするときに、そのからくりが見えてくる。

午前七時や七時半からの一時間半を看《み》てくれるヘルパーステーションはたくさんあ

る。しかし、午前八時から午前九時半までとなると、その一時間半を看てくれるヘルパーステーションを見つけるのはなかなか難しかった。なぜだか分かるだろうか。

これは、午前八時前の特別早朝料金と午前八時以降の料金の時間帯をまたいで介護が行なわれる場合には、スタート時間の方に、介護料金は引っ張られるからである。午前七時や七時半からの一時間半は、基本料金の時間帯に入った部分（つまり午前八時以降）も特別早朝料金が適用される。午前八時から働くより、八時以降の部分が高くなるのである。つまり、ふたつの一時間半は、たった三〇分の違いではあるが、介護者を派遣するヘルパーステーションの儲《もう》けという観点からみると、まるで違うものなのだ。

わずか三〇分間というなかれ。頼む側にとっては、保険が利《き》いて一割負担であれば一〇〇円ちょっとしか違わないが、派遣する会社の取り分は、実に一〇〇〇円以上も変わってくる。ちりも積もれば山となるのである。したがって、時間帯がまたがる午前七時台からの介護を希望するヘルパーさんは多いが、午前八時から九時半を働くヘルパーさんを見つけるのは困難だったのだ。これは、おかしくないだろうか。

まだ、ある。

私が妻の介護で、もっとも不思議に思ったのは、家庭内の男性が倒れたケースと女性が倒れたケースとで、介護保険の扱いに差がないことだった。男性と女性。公平公正の原則からいうと、差があってはならないのだろう。だが、この原則を厳守することが、たいへんな不公平につながっているのだ。

この二つがどう違うのか、実際に使う立場になって初めてよく分かった。

家庭内の男性が倒れた場合には、稼ぎ手が存在しなくなるケースが多い。これは困る。重い病気であれば、なおさらである。ただその場合、夫の会社は法律に則《のっと》って、勤務体系や費用の面で何らかの救済措置に動くであろう。また、働き手の男性には保険がかかっていることがほとんどで、保険に守られるケースも多い。

では、家庭内の女性が倒れた場合はどうか。夫は働けるから金銭的には大丈夫だと思われるが、妻の介護や家庭のことをしつつ、これまでのように仕事をするのは至難の業である。また、妻に保険が掛かっていないケースも少なくない（わが家もその例だ）。

こういった違いがあるのに、どのケースも「公平公正」の原則でばっさりと判断される。その場合に困るのは、たとえばこういうことだ。

介護保険は、同居人がいる場合、被介護者の世話や家事は、同居人がするべきだと考えている。つまり、妻が倒れた場合は、夫や子どもが妻の世話や家事をしなくてはいけないのだ。食事を作るのは夫の仕事であり、これを訪問ヘルパーにさせることはまかりならない、というのである。これは、介護保険の利用の手引にもしっかりと書いてある。

ご承知のように、人間は一日に三度の飯を食う。この三食を、週七日、働いている夫が作れるのは、極めて異例の環境ではないだろうか。妻が半身麻痺《まひ》、高次脳機能障害で食事を作る手伝いもまったくできない状態で、それでもなぜ、夫が朝食を、昼食を、そして夕食を作り、洗濯をし、掃除をし、会社にも行けると思うのだろうか。私は、この理屈がどうしても理解できなかった。

ケアマネジャーに聞いても、「それはしてはならないことになっている」というばかりだった。ヘルパーに聞いても、「作ってさし上げたいけど、介護保険では駄目なんですよ」という。食事を作ってもらうならば、介護保険は使えず、一時間二〇〇〇円あまりの自費扱いとなるのである（その後自費扱いの経費を時間単位で四七〇〇円余要求する施設も出始めている）。

私は区の窓口にも二度ほど出かけていって、このルールはおかしくないかと詰め寄った。担当者は、「ルールはルールだ」といって絶対に譲らなかった。頑としてこのルールを柔軟に運用することを認めようとしなかった。

私は、ここで記したようなさまざまなシチュエーションを持ち出して、担当者に問い質《ただ》した。しかし、鉄壁の守りは崩れなかった。

「介護でへとへとになっている現実があっても、認められないのですか。子どもと二人の介護生活なのに認められないのは、おかしいではないですか。本当に疲れてしまって、子どもと二人でぐったりしている日も少なくはないのです」

思わず涙声になってしまったこちらの問いかけに、担当者はいった。

「だから、そのために奥様を入れる短期療養施設があるんです。奥様を施設に預けて、ゆっくりなされば良いではないですか」

こういったのは、女性の担当者だ。私は、『不思議の国のアリス』の本の中にいるようだった。介護に疲れたなら、介護を受けているあなたの大事な人間を施設にあずければ済むではないか、という理屈には一滴の血も通っていない。そんな施設に預けたくないから、毎日、見守ってやりたいから、仕事に汗しながら介護もしているのだ。

だが、担当者はアリスの話に出てくるチェシャ猫のように、にやりと笑うだけだった。この女性は、自分が介護される立場になったら、黙って介護施設に預けられるのだろうな、と無礼なことも思った。私だったらこんな女性の介護などしたいとも思わないが。

介護保険のあれこれを調べる中で、こうした頭の固い人々と付き合わなければならないのは、ほんとうに疲れた。ため息しか出ない日もあった。

だれか、こうした問題について、心を分かち合うことができる人がそばにいれば、どんなに気が楽か、と思った。だが、介護と仕事に手いっぱいで、私と同じような境遇の男性を探すような余裕はなかった。

介護をしている人は、介護に忙しいために、集まって情報交換をしたり、介護体制について共に考える余裕などない。わが家のように、被介護者を一人にして外へでるだけでも困難な場合が多いのだ。

私の悩みは解けないままだ。ただ、もちろん、いうまでもなく、もっとも苦労しているのは妻なのだ。これをけっして忘れてはならない。

三　支えてくれる人たち

妻が帰宅すると、自宅の一階は、あっという間に病室に早変わりした。訪問看護の医師や、リハビリのための作業療法士や理学療法士、ナースにヘルパーらが、連日、家に出入りするようになった。

多くの方が、まず電話をかけてこられ、いまから向かう、と伝えた後でやって来る。「こんにちは」、「こんにちは」と、声をかけながら「病室」に入ってくる。

家族でも親類でもない人たちがこんなに頻繁に家に来るのは、妻や私、子どもにとっては、初めての経験だった。家族の形は大きく変化することになった。

見守りについては、実際にはたいへんな根気と注意力が必要だった。

回復期の病院から帰宅早々、私は、どしん、という音で飛び起きた。子どもを学校へ送り出して、もう一度、うつらうつらしていた最中だった。

そして私は、台所で繰り広げられていた光景に心臓が止まるような思いがした。冷蔵庫の扉が大きく開いていて、妻が右手をのばしたままの格好で、仰向《あおむ》けに倒れている。

すぐに駆けつけると、そばにある家具に肩をぶつけたようではあるが、頭はぶつけていないようだった。ひとまずほっとする。

何が起きたのか、徐々にようすが分かってきた。

妻は冷蔵庫からバターを取り出すことを思い立った。そして「病態失認」であるため、簡単にバターを取り出せると考えたのか、冷蔵庫まで歩いて行き、扉の取っ手に手をかけ、後ろに引いたのだ。その結果、冷蔵庫の扉が開くと、そのままの勢いで後ろに倒れてしまったのである。

冷蔵庫の扉を引くことでバランスを崩し、倒れてしまうかもしれない。他者から見たらあり得る危険を、自分では予測も判断もできないのだ。そのため、慎重に安全に開けるという考えを巡らせられず、直ちに実行に移した。その結果の仰向けにどしんだった。

見守りをきちんとしていないと、こういうことが起きるのである。妻は椅子《いす》に座っているか、ベッドに寝ていれば、大きなことが起きる懸念《けねん》はなかった。ただ、いったん立ち上がると、何が起きるか分からない。本人の警戒心や理解力だけではどうしようもないのだ。装具をつけることひとつにしても、装具のベルトの締め具合を目で確認してチェックしてあげないと、ゆるんでしまって転ぶことも考えられた。

何か起きてからでは遅いのだ。また、家の中は安全なようで、実は事故になることが多いこともわかった。

こうなると、「軽い見守り」も「監視」も違いはない。要は、誰かが妻に二四時間付き添っていることが必要不可欠なのだ。そうしない限り、危険をクリアできなかった。

私は、結局、子どもと話し合い、私たち二人で二四時間体制を敷くことにした。親戚《しんせき》たちに手伝ってもらうのが難しいとなれば、そうするしかなかった。

介護保険を使って妻を見てもらえるのは、日に二時間が限界である。だから、私が昼間家にいて、妻を見る。子どもが帰宅したらバトンタッチし、子どもが妻を見て、私が働きに行く。これで二四時間の輪を回し続けるしかなかった。

私の一日はこんな具合になった。

朝八時には目を覚まし、妻が、転ばずに歩けるよう左足につけた装具を点検する。脳の血流をよくする薬を飲ませ、妻の健康度をチェックする。その間に、子どもの朝食を作って、学校へ送り出す。

日中は、妻の昼食を準備し、風呂《ふろ》に入れさせ、着替えを手伝う。そして、訪ねてくるナースやヘルパー、療法士さんらひとりひとりに、妻の最新の病状や、いま家の中で困っていること、面白かった話などを手短かに伝える。私はこれを、重要な仕事のひとつとしていた。そのあとに、妻の診察や、家の中でのリハビリが行なわれる。

車椅子を押して妻を病院へ連れて行くこともあれば、ヘルパーが来てくれている間に、銀行や役所に行くこともあった。その間にも、その夜の番組のために新聞や通信社電に目を通し、スタッフとメールでやりとりを重ねる。また、私が解説する部分の原稿を書き、必要な案件は電話で取材もする。

妻に夕食を食べさせ、早めにベッドに入れて、食器を洗うと「いってくるよ」と妻と子どもに声をかけて家を出て、電車とバスを使って局に向かう。夜一一時半からの番組を終え、帰宅するのは深夜二時半頃。妻の眠っているようすをチェックし、雑用を片付けてから寝床へもぐりこむ。世の中を騒がす事件が続出すると、放送の緊張と興奮の余韻で、帰宅してもなかなか寝付けなかった。

仕事が夜間であるために、朝起きるのは正直、眠くてたまらない時も多かった。しかし、どんなに眠くても、妻が早朝に部屋の中を歩く際の装具が床を打つ音がおかしいのに気付けば、びくりとして目を覚まし、洗面所へと歩いている妻の装具のベルトを締め直した。毎日がぎりぎりの正念場であったが、息子がいてくれ、ナースやヘルパーたちの助けがあり、なんとか乗り切っていた。

実は、家の中をすべてさらけ出すような生活には、初めのうちはなじめなかった。妻が倒れるまでは、私は昼間はひとり自室で仕事をしていたのだが、そういうわけにはいかなくなった。妻が面倒を見ていただいているのに、夫が自宅にいながら顔も見せないのはおかしい。どうやって顔を出すか、最初は困った。きっと、かなりぎくしゃくした対応だったと思う。

私は、すぐに、自宅でもワイシャツで過ごすようになった。半分正装というわけだ。もちろん妻は、着替えずに、お気に入りのかわいい模様の入った寝巻き姿のままの日が多かったが。

退院後も、かなり長い間、妻は、かつての友人たちと電話で話をすることすら嫌がった。自分が負ってしまったものの重さを、妻なりに理解しているからだと思った。私が代わりに、電話での応対をした。メールもいただいたが、「メールが来ているよ。返事出す？」と聞くと、必ず「あとでいい」といわれた。その「あと」がいつなのかは言わなかった。

妻は病気をしたことで、あまり外へ出歩けなくなったが、ナースやヘルパーを始めとして、外の世界が妻の元を訪ねてくるようになった。

ヘルパーは皆さん、個性豊かである。そしてどの方も、人を介護することに、しっかりとしたプロ意識を持っている。みなさん妻を心から補佐してくれ、息子の気持ちにまで気を配ってくれた。

おかげで、妻や私たち家族には、ヘルパーさんの友達がたくさんできた。新たな財産であった。

退院後も、碑文谷《ひもんや》病院での脳のチェックや、初台リハビリテーション病院での外来診察は引き続きおこなっていたが、毎日の生活は落ち着いてきた。

そして迎えた二〇〇九年一月。私たち家族は、新しい年の初めを久しぶりに静かな気持ちで味わっていた。妻は「復活した」というにはまだまだの状態であったが、このまま順調に回復していけば、良い一年が送れそうだ。そう思えるような明るい新年のスタートだった。

第四章　新たな試練

いろいろ困難もあった人生だったが、私も五〇の坂を越して、家族三人、どうやら安定した日々が送れるようになったかなと考え始めたころに、妻のくも膜下出血という大病が牙《きば》をむいた。

それから一年一ヶ月余りを経て、わが家もようやく再び一息つけるようになった――前章はそこで終わっているし、実際にこの本はそこで終えたいと思っていた。

ところが……。私たち一家の背後には、またしても、新たな試練がしのび寄っていたのである。

二〇〇九年の三月初め。妻と私は、都内のとある病院で、極度に緊張した表情の医師から呆然《ぼうぜん》とするような話を聞かされていた。

この医師は、一〇ヶ月ほど前から、妻の卵巣囊腫《らんそうのうしゅ》をチェックしていた。

妻は、実は、くも膜下出血を発症する直前の二〇〇七年一〇月に、卵巣囊腫の手術の必要性を指摘されていた。自宅近くの病院で診察を受け、「今後数ヶ月の間にチョコレート囊腫を切除する手術をしましょう」といわれたのだ。私も、その病院の医師に会い、手術の必要性を確認していた。

ところが、突然に発症したくも膜下出血で、それどころではなくなってしまった。本書に詳細を記してきたように、生死をさまよった妻は、二ヶ所の病院で五ヶ月に及ぶ治療を受けた。

その治療が一段落ついたとき、卵巣囊腫について、今後どうすべきかが再び浮上することになった。ここには、ひとつの問題があった。

妻は、今後も血栓ができてそれが血管内を移動して脳に詰まることが無いように、抗血小板薬を毎日服用していた。この薬は、血を固まりにくくする強い作用があり、少しでも身体《からだ》をどこかにぶつけると青あざができるほどだった。

この薬を服用し続けた場合、子宮筋腫などの手術をする時に、出血多量で死亡する危険性があるという。かといって、手術に備えて抗血小板薬の服用を止《や》めてしまうと、今度は血栓ができやすくなり、その血栓は脳や心臓に飛び、詰まってしまう懸念《けねん》が生じる。あちらを立てればこちらが立たず、という状況だった。

妻と私はこの一件を思案し、自宅近くの大病院で、今後も卵巣嚢腫を診てもらうことにした。外来での治療を継続し、経過を観察していくのだ。その病院では、現時点でチョコレート嚢腫が悪性に転化している気配はないと言われていたし、きちんと観察を続けていれば、たとえ悪性に転化しても直ちに対応することが可能だといわれた。また、そもそも閉経してしまえば、嚢腫は自然に小さく退縮していくだろうとの見立てを得ることができた。

私は、この考えに飛び付いた。これならば、心配はいらないだろう。が、この見立ては〝悪魔の囁《ささや》き〟であった。

卵巣嚢腫は、本当のところは、閉経で退縮するかどうかは、はっきりとは分からないのである。むしろ、閉経の前後には嚢腫が悪性化しやすいために、警戒度を上げる必要があるという。しかし、私がそれを知ったのは、もはや引き返せない事態になってからのことであった。

つまり、私が飛びついた考えは、発想そのものが砂上の楼閣だったことになる。

私は、どうやら妻を連れて行くべき病院を誤ったようだ。そして、能天気にも、誤ったことに気付かないでいたのだ。

その大病院の医師は、エコー検査による診断と、腫瘍《しゅよう》マーカーの数値を測ることで妻の卵巣嚢腫の観察を続けていた。しかし、この検査の方法にはひとつの大きな欠陥があった。

検査は、二ヶ月余おきに行なわれていた。そして、血液検査の結果を聞かされるのは、二ヶ月経《た》ったあとの次の検査時だ。

つまり、六月の検査結果を八月末に聞き、八月末の検査結果を教えられたのは一〇月初めの秋口である。そして、次の一二月半ばになって聞いた検査結果が、「腫瘍マーカーは基準値以内だが、嚢腫が少し充実してきたようにも見える」というものであった。ただ、それは大きな変化ではないともいわれ、なおも経過観察を続けることになった。妻はその日、いつものように採血を行なった。

問題は、この採血のデータを私たちが知ったのは採血から二ヶ月半あとの三月の初めだったことである。その検査データは基準値を超えていた。明らかに妻の身体には異変が起きていたのだ。検査結果で警報が発せられていたにもかかわらず、それに気がつくまでに三ヶ月近くもの時間を要してしまった。

緊張した表情の医師から、「検査データの値が基準値を超えています」と告げられた私は、足元からなにか得体のしれない黒い存在が這《は》い上がってきたような、ざわざわした感じがした。

医師は重ねて、「エコー検査での卵巣の様子も充実度が上がって見えます」といった。

「いつもの血液検査をして帰ってください」といった医師は、畳みこむように「本日は、造影CTも撮ってください」と指示した。「結果は翌週には分かりますから」という。私は呆然としながら、妻の車椅子《いす》を押してCT検査の部屋へ向かった。

長く不安な一週間が経った。そうして目にした検査データの数値は、驚いたことに、すでに基準値の三倍に達してしまっていた。

その日、いつもの担当医師は診察室に姿がなかった。こんなことは初めてのことだった。代わりに、同僚の医師が応対に出て「担当医は急な手術が入りました」と言うと、CT画像と情報提供書の入った封筒を机の上に並べて「書類を用意しましたので、どこか病院を決めて手術をされると良いと思います」と言った。まったくの他人事《ひとごと》のような口ぶりであった。私は怒りよりも悲しみでいっぱいだった。

担当医師が、一二月半ばに取った検査データをすぐに見てくれていれば、と思わずにはいられなかった。医師は、三ヶ月近くの間放っておいたのだ。そうとしか考えられなかった。そしてその間に、卵巣内の〝悪いもの〟は増幅していったのである。

私はパニックになった。

その日、帰宅するとすぐに、ネットを探った。次々と浮かび上がってくる不安を、いろいろと調べることで胸の底に押し戻そうとした。そして今度こそ、妻をきちんとした病院に診せなければ。妻を、確かな医療者に委《ゆだ》ねねばならない。

その後まもなく、妻は、都内のJ医大病院で手術を受けることになった。脳の心配はあったが、目の前に広がった病魔と向き合うのが先である。抗血小板薬の投与が、おっかなびっくりといった状態で止められた。そして、脳にも警戒しながら行なわれた手術の結果、卵巣囊腫は悪性に転化していることが確認されたのだ。妻は引き続き、薬での治療を受けることになった。

半身に麻痺《まひ》を負った妻が、薬による副作用を乗り越えようと懸命になって病院食を食べ、それでもばさばさと髪が抜けていく姿を見るのは本当に苦しかった。また深い穴に落ちてしまった、という考えが頭から離れなかった。

思えば、去年、妻がリハビリ病院を退院する際に、私は、妻をなんとしても救い出し、家族三人の普通の生活を取り戻すと心に誓った。その誓いは、わずか一年足らずで崩れてしまい、それどころか、さらに大きな壁にぶちあたってしまったのだ。

私は真っ白になった頭で考え続けた。どこが悪かったのか。何をどう改めれば、いまの事態を挽回《ばんかい》できるのか。今度ばかりは、途方に暮れてしまった。

いろいろと考えるなかで、私は、私が帰宅後の妻をきちんと見ていられなかったことが、今回のことにつながった真の原因であると思った。

言い訳じみているが、妻の介護は、ほぼ私と子どもの二人で支えられていた。介護保険でまかなえる人手で足りない部分は自費で補うしかないわけだが、もちろんそれにも限界があった。いくらテレビ局員は高給取りだとはいえ、サラリーマンの給料で必要な人手をまかないきることなど不可能だった。

だから、夜間、妻と一緒にいるのは息子だけだ。自宅に妻の他に、もうひとりいるという事実だけで、それがたとえ小学生の子どもでも、私は目をつむって働き続けた。妻がベッドで寝ていてくれるので働ける。その一点にかけて仕事をした。

ある晩、子どもが腹痛を起こし、本番直前の私に電話をかけてきたことがある。

「お腹《なか》が痛い」

「大丈夫か？」

私は問うた。

「大丈夫じゃないんだ」

「お母さんは？」

「そばにいるよ」

だが妻は、どうしたらよいか分からないようだった。子どもを病院に連れていくことはもちろん、携帯電話で病院を探すこともできない。妻は、息子の一大事に、母としての行動を何ひとつ取ることができなかった。それでも、受話器の向こうで心配し、途方にくれているのが分かった。

一方、番組が始まる時間は刻々と迫っている。スペースシャトル打上げのカウントダウンのような状況だ。いま、職場を離れて、自宅へ戻る訳にはいかない。

私は、結局、お隣の家に電話をかけた。

「すみません、子どもが腹痛で苦しんでいます。隣りへいってみていただけますか」

お隣のご夫妻は、すぐにわが家を覗《のぞ》いてくれ、ご主人は子どもを連れて近くの病院の夜間救急診療に向かい、奥さんは、その間、妻を見ていてくださった。

子どもが風邪をひくだけで、状況はたちまち厳しくなった。介護の合間に時間をどうにか見つけて、風邪をひいて熱を出した子どもを病院へ連れて行く。と同時に、妻の様子も慎重に見続け、風邪が移らないように気を使う。その間は、息子と妻の接触は避けなくてはいけないため、妻を介護する貴重な戦力が失われる。

しかし、そこまでしても妻の熱が上がり始めると、もう泣きたくなるようなお手上げの状態だった。

妻が再び病を患《わずら》ったのは、こうした、ぎりぎりの環境に妻を置いていることが原因ではなかったか。もっとゆとりを持って妻の容態を見ていられれば、こうなるまでに、なんらかの手立てを打てたのかもしれない。

同じ過《あやま》ちを、二度と繰り返すことはできない。ならば、どうすればよいのか。

途方にくれる中で、私は懸命に考えた。考え抜いた末に、私は奇妙ではあるが、それしか表現のしようのない、ある言葉を口ずさんでいた。

私は妻である。そう、これから先、私は妻の分身となろう。私は妻である。このスタンスがすべての基本であり、事の本質なのだ。今後の治療において妻と仕事を天秤《てんびん》にかけることになってしまうとしても、私は妻を取りたい、そう思った。私は再び、番組に戻れない状態に陥った。

ただ、嬉《うれ》しかったのは、心から心配してくださる方、思いがけない方面から温かい手を差し伸べてくださる方が何人もおられたことだ。涙が出た。真に苦しんでいる時こそ、人間の本当の姿が見えるなあと思った。

幸いなことに、妻はJ医大病院で新たに出会った医師や看護師さんに支えられながら、治療を続け、今日に至っている……。

さて、ここまでが単行本の本編であった。文庫本化を受けて、以下の後日談を付け加えることとした。今日まで、一日ずつ重ねてきた年月の中で、少し見えたこともあるが、なおも不透明さが色濃い部分もある。綱渡りをしている思いは変わらない。そうした五里霧中の現実を吟味し、言葉を選択しつつ、本の趣旨を踏まえて、介護と妻に役立つ内容を目指して、以下に書き加えることとしたい。その点をご了承いただきたい。

終章　それからの家族

一　大震災に揺れる家族

二〇一一年三月一一日。

私たち家族も介護の日々の中で、あの東日本大震災の強い揺れとそれに続く不安な日々を体験することとなった。

その日、大地震の余波が東京を襲う直前、妻は地元のSリハビリ・クリニックの訪問看護師の間宮恭子さんの入浴介助を受けながら、風呂《ふろ》に入ろうとしていた。

間宮さんは、妻の血圧や脈拍が正常なのを確認した上で、妻を脱衣場に誘導した。そこで妻は衣服を脱ぎ、普段履いている左足の装具も外して、右手で介助棒をしっかりつかみ、麻痺した左の裸足《らそく》を、一歩一歩、慎重にタイルに落として歩きながら、風呂場の椅子《いす》にゆっくりと腰をかけた。

間宮恭子看護師は、妻が初台でのリハビリから帰宅して以来、妻の訪問看護師を務めてくれて、二度目の大病の際も、J医大病院の妻の主治医と私の緊張した話し合いに同席したりして妻の身体《からだ》と心を理解してくれていた。呼び名を考えるのが上手な妻は、間宮看護師をそのお名前から「キョンキョン」と呼んで心の友のように思っていた。私も間宮看護師に全幅の信頼を置いてきた。

私は風呂場の隣の部屋にいたが、最初のぐらりという揺れに普段の地震にはない異様な違和感を感じて風呂場へ走った。

「地震ですよ」と呼びかける私の言葉に、妻の入浴を補佐して動いていた間宮看護師は、最初はピンと来ないようだった。

「なに？」「地震です。揺れてますよ」間宮さんが、私の緊張した声にうながされるように静かに風呂場の天井を見上げた時、いきなり、がたがたっと、大きな揺れが襲ってきた。「本当だ、大きいね」

妻は、風呂場の椅子の上でまったく身動きが取れない状況であった。固まったように黙ったまま、動けないでいた。

風呂場の壁がぎしっぎしっと音を立てた。湯船の水も右に左にざぶんざぶんと揺れた。かつて経験したことのない揺れを味わいながら、私は頭の隅で、震源はどこだろう、震度はいくつだろう、と考えながら、もし風呂場の天井が落ちてきたらぺしゃんこだな、と思った。揺れがさらに激しさを増す中で、私と間宮看護師はいつか、仁王立ちで、両手を大きく広げ、妻の頭と身体を守る体勢を取っていた。どこかで棚の物が落ちる音がする。ご近所から悲鳴も聞こえた。

「大丈夫だからね。守るからね」私は大声で妻に声をかけていた。

「そうよ、大丈夫よ」間宮さんも叫んでいた。

生きた心地がしない五分余が過ぎて、ようやく揺れが収まり出した。

「大丈夫かな」と不安そうな間宮さんに、私も「大丈夫ですかね」と、まだかすかに揺れ続けている風呂場の壁を見ながら言った。湯船の中では、お湯がなおもちゃぷんちゃぷんと音を立てて揺れていた。

その時、妻が地震発生以来初めてゆっくりと口を開くと、静かな声でこう言った。

「で、私は、このあと、お風呂に入るの？」

間宮さんも私も、恐怖感を微塵《みじん》も感じていない妻の口ぶりに、張りつめていた緊張が解ける思いだった。

間宮看護師は、妻を湯船に誘導して、湯につからせると、一生懸命にお湯をかけて暖めてくれた。湯沸かし器は安全装置が働いてお湯が出なくなっていた。

その後の混乱の日々を、私は、妻の自由に身動きできない分もカバーするために、買い物に走り回ってすごした。水や食料を確保し、テレビやラジオの情報にもアンテナを張った。テレビ画面では、同僚たちが被災地からの情報を必死に伝えて頑張っており、心の中で一人一人の無事を祈り、役に立たぬ申し訳なさを感じながら、他方で、突然訪れた混乱の日々に、妻の介護態勢を整え、維持するのに必死でもあった。

当初は夜中でも、お昼でも、いきなり緊急地震速報と共に大きな揺れが襲って来たが、そのたびに、これが巨大余震に発展していったら妻と息子をどう助けるか、その考えで緊張した。特に夜中に大きな揺れが来ると、私は、妻の医療用ベッドのそばにある二段ベッドから飛び降り、妻の身体の上に大きく手を広げて、守りの態勢を作った。いまは二階のかつての私の書斎で寝ている息子も駆け降りてきて、しばらく一緒に様子をみる状況が続いた。

アメリカ人の古い友人からは、しばらくこちらへ避難して来たらどうだ、というメール も貰《もら》った。とても有り難かったが、妻の治療やリハビリを考えると、東京を離れることは困難であった。

二　壮絶な治療

「大丈夫？」「ぜんぜん！」

最近交わされる私と妻の会話には、いつもこの短いやりとりがある。「ぜんぜん」とは「ぜんぜん、大丈夫よ」という意味だ。

妻は、くも膜下出血と一年後の卵巣嚢腫《らんそうのうしゅ》の悪性転化という二度の大病によって、それぞれ大きな後遺症を負った。くも膜下出血を発症した脳の病では、左半身の重い麻痺に加えて、重い高次脳機能障害を発症し、短期記憶の障害や半側空間無視などの障害を背負い込んだ。もう一つの病では、治療の過程で使った強い薬が、身体のだるさや下痢症状に加え、強度の骨髄抑制を発症させた。白血球値は急降下して五〇〇を切り、感染症を恐れて、何度か別室への隔離処置を受けた。また、通常は薬が入らないはずの脳関門を突破したために、すでにダメージを負っていた脳に萎縮《いしゅく》をもたらしたようである。一時は認知症のような症状が強くなった。

とにかく、二度目の病の治療や後遺症は壮絶であった。

幾晩もの間、夜中のトイレが間に合わなくなり、そのたびに手を貸すことになった。番組を抱えたままで介護をする態勢を続けていたら、この壁はなかなか乗り越えられなかっただろうな、と何度もそう考えた。

妻の身体はまたたく間にぼろぼろになっていった。それを毎日見続ける息子と私は、精神の均衡を保つのがやっとであった。

つまりは「ぜんぜん」どころか、「ぜんぜん」大丈夫などではなかったのだ。ただ、その中で、妻は一度も泣き言を口にしなかった。ひたすら頑張り続けた。痛い、気分が悪い、苦しい、どれも口にせず、「大丈夫？」「ぜんぜん！」のやり取りを続けてきた。妻が二度の戦いに果敢に臨んできたのも心配をする息子のため、とにかく良くなりたい、元気な姿を見せたい、という一心からであった。それは本当に厳しい日々だった。行ったことはないけれど、地獄の淵《ふち》をのぞいた気がした。

その苦しい日々の中でも、妻は何度も息子の子どもの頃の思い出話をしては、楽しそうに笑って、私たちの不安を吹き飛ばしてきた。

「大ちゃんが四歳ぐらいの時、スーパーで買い物中にいなくなっちゃって、私が泣きながら、『大ちゃん!』『大ちゃん!』と叫んで探していたら、明るく『はあい』という声がしたのね。行ってみると、障害者用のトイレに入っちゃって扉が閉まって出て来れなかったんだって分かったの。ボタンの『開く』と『閉まる』の文字が読めなかったのね。『開く』のボタンの色を外から教えて、扉を開けて出てきた大ちゃんを見た時は、改めて涙が出たなあ」

そんな私の知らなかった楽しい話を教えてくれた。

私は、妻が毎朝、私の問いに「ぜんぜん!」と言い切るたびに、腹が据わった暖かな思いになり、きょうも一日頑張るぞ、と立ち上がってきた。

人生は腹を括《くく》っておだやかに生きるもの……一緒になった時から、ずっと、これを教えてくれているのが他ならぬ妻であった。妻は、一緒になった時にいまは亡《な》き義父が妻に贈った葉書大の和紙を、透明のカードケースに入れて大切に身の回りに置いていた。それは武野紹鷗《たけのじょうおう》というお茶の先生が弟子たちに茶の湯の心得を諭した文句を義父が手書きで書き写して、結婚のはなむけの言葉として娘に贈ったものだった。

門弟への法度《はっと》

一　茶の湯は、深切に交わること。

一　礼儀正しく和《ほが》らかにいたすべきこと。
一　他会の批判、申すまじきこと。
一　高慢多くいたすまじきこと。
一　人の所持の道具所望申すまじきこと。
一　会席は珍客たりとも茶の湯相応に一汁三菜に過すべからずこと。
一　客の心に合わぬ茶の湯すまじき也《なり》。客に手をとらすること悪《あ》しく候《そうろう》。

妻は日々、義父のこの教えを胸に、節度と調和と暖かさを家庭に持ち込みながら、特派員や記者、デスクや解説委員・キャスターとして毎日が嵐《あらし》のように吹き荒れる私の生活をじっと支え続けてくれた。テレビ界、報道の現場で私が日々のニュースと格闘し、さまざまに知恵を出し、その知恵を番組という形に組み立て、他社より半歩先、一歩先に情報をつかんで伝える汗みどろの努力を、しっかりと支えてくれたのだった。

思えば、息子はイラク戦争の真っただ中に小学校に入った。私は、当時はイラク戦争の情報デスクであり、特番とニュース、情報番組にニュースを入れるため、自宅へ寝に帰る以外は局に詰めっきりだった。

息子の入学式には顔を出す許可をもらって、校庭にしつらえられた写真撮影用の壇上で親子三人そろってクラス単位の記念写真を撮った。壇から降りたらポケベルが鳴って（まだ、そんなものを使っていた）、アメリカ軍がバグダッドへ侵攻した、と告げられた。私は、そのまま二人に手を振ると、タクシーをつかまえて社に駆け込んだ。

エレベーターで報道フロアーに上がり、情報デスク席に座った途端に、緊急特別番組が始まった。その三〇秒後には、あたかも朝からずっとその場に座っていたかのように「ご覧いただいているのは、いま入ってきているバグダッドへ侵攻するアメリカ軍の映像です。生でご覧いただいています」と原稿なしでしゃべっていた。

余談になるが、なぜ、ああいう芸当ができるのか、と同僚や視聴者の皆さんによく不思議がられた。「なぜ」を説明したことは無かったが、要は二四時間、ひたすらニュースを追い続ける、その地味な努力が肝なのだ。私の身体は東京にあったが、頭の中は、時にワシントン、時にニューヨークの国連本部、時にイラクのバグダッドにあった。数多くの国に実際に足を踏み入れた経験が、自分の血肉になっていた。何時にどこの情報を手に入れれば、何が見えるか、それが頭の中に次々と浮かんできた。膨大な情報に頭と心が麻痺することがないように、一定の距離を取りながら、事象や発言をふるいにかけ、事実を追い詰めていく。どこか西部劇の砂金採りと似ているなあと自分で思って一人で笑ってしまったこともあるが、たいへんな根気がいる作業である。それができたのはひとえに妻の支えがあったからだったと思う。ただ、妻が倒れたのがその代償だったとすれば、余りにも理不尽な代償であった。息子は、妻が最初に倒れた時一〇歳だった。これを書いている時点では一五歳である。もはや「ちゃん」付けで呼ぶのは、はばかられる若者に成長したが、妻はいまも「大ちゃん」と呼んでいる。

当初は、夜中にキャスターとして働く父親から母親の介護をバトンタッチできるように、中学校ではクラブにも入らずに「帰宅組」となってもらったが、私が番組を離れた後も、「クラブより、介護が大切だと思う」と帰宅組を続けて、私を補佐し続けてくれている。

小学校五年生で母親の一大事に直面して以来、子ども心を断ち切って大人のように生きて行かざるを得なくなった息子は、これまでに十分すぎる程苦しんできた。父親と二人だけで、「恐怖感」や将来への「不安感」と戦い、一睡もできないと訴える夜も幾晩もあった。そうした、人には語り難い苦難の日々の中で息子は頑張り続けてきた。その彼を、学校の先生たちが陰からしっかりと支えて下さっている。それがなにより有り難い。学校生活も家庭生活もとてもスムーズにという訳にはいかないが、友人たちを大事にして、父親から安全保障や国際政治の話を聞きながら、いつも前向きに生きようと努めてくれている。

私の方は、これまで以上に腰を据えて介護に関わるため、二階の自室の本や書類を、妻の病室に変貌《へんぼう》したかつての居間の隣にある台所に移して、二階の書斎は、息子に譲り渡した。

ちなみに、妻は二階へは、私の手助けなしでは階段を上がったり降りたりはできない。このため、例えば、息子の部屋に入ったのは過去一年で一度しかない。

去年の秋口も、冬が近づいてきて、「ヘルパーさんに言ってそろそろ布団《ふとん》を出してもらおう」と言った妻は、息子に向かって「二階に布団はあるの？」と尋ねていた。はたでやりとりだけ聞いていたら不思議な質問だろう。母親が子供が暮らす二階の部屋の様子が全く分からないのだ。私は時々、二階の様子をビデオに撮影して妻に見せて説明する。同じ家にありながら、二階への道は限りなく遠い。

とにかく、私と息子は、いまもなお、妻の非公式の療法士であり、ヘルパーであり、ガイドヘルパー（本来は買い物などに一緒について動いてくれるヘルパーを指す）でもある。二人で日々の介護の仕方をいつもよく話し合う。三人で外出中にタクシーに乗る段になると、息子がさっと車椅子《いす》をたたみ、私は妻が車に乗り込む手助けにまわる。介護の分業態勢が身に沁《し》みついているのだ。

台所の食器を洗ったり、ご飯を炊《た》いたり、洗濯したり、風呂《ふろ》を沸かしたり、ゴミを捨てたり、買い物をしたり、といった日常を回す仕事は私と同じようになんでもできるようになった。私がどうにも体調が悪くて身動きが取れない日でも最低レベルの家庭生活が維持できるようになった。

わが家には、ここ数年、訪問の医師や看護師、ヘルパーさんが連日出入りしているので、息子も多くの大人の人たちと顔なじみになった。時々、数年前にヘルパーさんだった人が様子を見に訪れて下さることもあって、「大ちゃん、大きくなったわねえ」と驚いている。

三　麻痺足を襲うトラブル

妻が二〇〇七年に発症した「くも膜下出血」と、そのあと患《わずら》った病は、いずれも経過観察のフェイズに入ったが、いまなお治療の後遺症とみられる事態への対処も続いており、碑文谷《ひもんや》病院とJ医大病院が、慎重にフォローを続けて下さっている。妻の診察の際には、私も日々の血圧や体重などバイタル・データを記録した表を作り、気になる点を個条《かじょう》書きにメモした「診察用メモ」を作って臨んでいる。検査結果が良い時は心底ほっとするし、気になる点が顔を出したりする時は、高い崖《がけ》から突き落とされたような気になる。のどがからからに渇くような思いも何度も重ねてきた。

　そうした毎日が「大丈夫？」「ぜんぜん！」でこれまでなんとか続いてきた。

　また、リハビリの方も地元にある「Ｓリハビリ・クリニック」が、碑文谷病院やＪ医大病院のリハビリ科と情報面での連携を取りながら、関わってくれている。すでに訪問看護師さんは二人目、訪問のＰＴ（理学療法士）さんとＯＴ（作業療法士）さんは四人目となった。医療保険と介護保険を組み合わせながら、日常動作を少しでも取り戻すための訓練が続けられている。妻の気持ちや動きを追いながら、文字通り手取り足取りの訓練である。

「もっとゆっくり右足を出して。そうそう、リズムを作りますね。ＯＫ。ゆっくり、ゆっくり。そうそう、そうそう。いまの左足の運びは上手でした」「怖がらないことが大切ですね」「そうそう」「ああ、怖い、怖い」「大丈夫、支えているから。左足にぐっと体重が乗る感じが大切なんです。ゆっくり、ゆっくりね。大丈夫、支えていますから。もっと左足を出して……」

　ある時は妻の健常な手を静かにひっぱりながら、またある時は妻を抱え込むようにしながら、粘り強く身体《からだ》の運びを教えて下さる。妻のこの、医療とリハビリを同時に進めて行くことが体力を落とさないためにも重要なのだ。

私も〝監視〟の日を崩さないようにさらに気を引き締めている。半年ほど前には、妻の左の麻痺《まひ》足の「足背《あしぜ》」と呼ばれる足の甲の部分が大きく腫《は》れた。当初は歩行の仕方がぎこちなくなったので、「なにか違和感を感じる?」と聞くと「ぜんぜん」と言う。「ちょっと足が痛かっただけ」などとも答えるが、数日、ぎこちなさが続くので、私はビデオと写真に歩行状態を撮影して、あれこれ原因を突き詰めて考えた。看護師さんにも映像を見せながら説明すると、さっそく足を診てくれて、足背が少し腫れて膨らんできているようだ、という。医療的に、原因は特定できなかったが、装具を左足に固定する紐《ひも》が合わなくなってずれるようになり、その装具を固定しようと、その紐を自ら何度も強く手で引っ張ったため、足を流れるリンパ液の流れをせき止めてしまったようであると分かった。その後、二、三日で足背はパンパンに膨れ上がってきた。

私は、直ちに隣町の装具屋さんへ妻を連れて行って装具のベルトを取りかえる一方で、訪問マッサージさんにリンパの流れを意識した施術をしていただき、同時に、毎日一回、妻の足湯を始めた。

念のため、J医大病院のリンパ浮《ふ》腫《しゅ》外来へ妻を連れて行って臨時で足背を診ていただいたが、その時点でふくらみはやや引き始めており、医師からは「良かったですね、早く来られて。リンパ浮腫手前で防げたようですね」とほめられた。

妻が週二回の歩行訓練の際に「足が痛い」と訴えても、軽く訴えるだけなら、「装具が合わないのかなあ」という〝雑談〟に流れてしまうことになりやすく、足につけた装具を外して、靴下とリンパ浮腫の防止のために履いているメディキュットという名の強い圧が足にかかるきつい靴下を脱がせてまで、その原因を突き詰めるところまではなかなか到達しない。これをどこまで細かく家族がフォローするか、それが安全な介護のポイントの一つであると思った。

早目に気が付いたとはいえ、その前の二週間ほどは妻の足背が腫れるにまかせた格好になったことで、そのあと、さらに妻の歩き方がおかしくなった。

Sリハビリ・クリニックのPTさんが、慎重に妻の身体に触れて、歩かせて観察した結果、大腿四頭筋《だいたいしとうきん》と身体の奥にある腸腰筋《ちょうようきん》が衰えて筋緊張が上がっているようだ、と分かった。足背の腫れの際の痛みで、足を出すのを怖がってかばうように歩いている間に、ふたつの筋肉が衰えたという見立てである。リハビリの運動はこの二つの筋肉を意識したものに方向転換された。

ところが、それから数ヶ月して、またもや歩き方がおかしくなった。「足が痛い」

と言うが、「どこが」と尋ねると修理した「装具のベルト」のあたりという。ベルトの止め方をあれこれ変えたが、痛みは収まらないようだ。

実は、原因は別のところにあったのだ。この度は看護師さんが、入浴介助した際に、麻痺足の小指の付け根辺りにタコ状のいぼができているのに気付いた。皮膚科で診てもらうと、中が膿《う》んでいることが分かった。切開して膿《うみ》を出した。足の尖足《せんそく》傾向が強まり、装具の中で、足裏の一点に圧力が集中して皮膚が固くなり、そこになんらかの原因で菌が入って化膿《かのう》したものと分かった。麻痺足は感覚異常があり、何をおいても目で確認することが大切であると再び教えられた気分であった。

次々と起きる事態を把握し、最善の対処を求めて行くこと、常に過去を検証しながら、できる最善の手立ては何かを考えること、それが私の日々の介護での重要な責任と思っている。私が、口癖のように「責任を持って、治療や生活について判断したい」というので、「自分の身体ではないのに、いったいどんな〝責任〟が取れると言うんですか」と正面から問われたこともあるが、むきになるな、と言われても、その言葉に耳を貸す気にはどうしてもなれない。（1）油断しない（2）緊張を解かない（3）先を読まないの三原則は一日たりとも崩したことはないし、「崩せる、これで緩められる」と思った日もまだないからだ。

それでもしばしば考えが煮詰まってしまい抜け出せなくなることがある。これが正直、きつい。身体と心がストレスで締め上げられるような状態になる。そうなると、私はわが家の庭先に出て、普段は庭に置いてある妻の車椅子に腰をかけて、あれこれ考える。車椅子に頼ることの多い生活となった妻の心を思ってみる。頭と心の中が空っぽになり、煮詰まった考えや緊張がゆっくりほぐれてくる。再び立ち向かう気力がよみがえってくる。

そんな時、私は先に書いた「私は妻なのだ」という思いに至る。これが根本である。そう考えなければ、「生かされた命」を維持し、綱渡りのような体調を支えていくことは困難であった。

麻痺足が絡《から》んだトラブルを書いたが、それ以外にも、ここ数年、絶え間なくいろいろなことが次から次へと起きてはその度に不安な気持ちにさせられてきた。「先を読まない原則」について書いたが、これは「先が読めない」からでもある。きょうの調子の良さが明日も続くには、そうなるように祈りながら寄り添って必要な手を繰り出していくしかない。

いきなり不安のどん底に叩《たた》き落とされないように、できることは思いつく限り、何でも一歩先に出て迎え撃とうと思っているし、思いつかないことも学んで備えようと構えている。看護師さんやヘルパーさんに治療や日常に関わる情報を整理して伝える仲介役となるよう心する。妻の日常の中で、どんなに小さく見える事でも、誰でも、違和感を感じた人に、声を上げてもらう。そういう形で、対処を重ねてきた。

妻は、いまのところ、洗濯も掃除も調理も買い物も入浴も一人では難しい部分が多く、息子や私、看護師さんやヘルパーさんの手を借りて、毎日の生活の歯車がぎしぎしと音を立てながら回っている。日常生活を一本の道に例えると、その道のそこここに大きな穴が開いて通せんぼしているような状態で、一人でその道を端から端まで歩くのには困難が多い。だから、切れ切れの日常の時間を家族やヘルパーさんたちの手で、ひとつにつなぎあわせている。二つの大病の後遺症は、半身麻痺や、高次脳機能障害、さらには免疫《めんえき》能の低下などといった形で、いまも複雑に絡み合いながら、重く妻にのしかかっている。

特に高次脳機能障害は、年月を経ても、なおも妻に悪さを続けている。最近こんなことがあった。リハビリの一環として、調理訓練を二週に一回、ＯＴさんと一緒に続けている。それ自体はたいへんに大切な訓練である。が、とある早朝、突然、息子にお弁当を作ってやりたいと思い立って、一人で起き上がると台所へ行ったらしい。らしいというのは、私が不覚にも気づかずに眠っていたからだが、右手だけで器用に野菜を炒《いた》めた妻は、その最中に冷蔵庫の中の物に気を取られ、そのため火をつけているという事実を忘れてしまったようだ。

私が起きて台所へ行くと、ゴミ袋にプラスチックの縦長の容器が二本、火力で溶けているのが捨ててあった。これはどうしたのか、と聞くと、はっきり言わないが、炒め物のフライパンのそばに容器を置いたままだったので、火が移って溶けてしまったようだ。ボヤになる寸前であった。鍋《なべ》も焦《こ》げている。失敗したと思って黙っていたのだ。ただ、こうした出来事をあまり詰めていくと強いストレスになってしまう。その週来られたOTさんとの間で協議し、火を使う際は、誰かがそばにいること、との約束が生まれた。

そんな妻だが、日中のほとんどをベッドで過ごしてきた長い時期を経て、最近は、朝に着替えと食事を終えると、医療用ベッドに腰を掛けて、好きな野中柊《のなかひいらぎ》の作品や、マーガレット・ミッチェルの『風と共に去りぬ』を読むようになった。もっとも、よく見ていると同じ本の同じページを何度も読んでいることが多い。本屋に行っても、車椅子の上からこれが読みたいと選ぶのは、数日前に買ったのと同じ本だったりする。「前に買ったよ」とやんわり言うか、「面白そうだね」と言ってまた同じ本を買う。同じ本をつい買ってしまうのは、私も最近するようになったから、これもあまり深く考えないようにしている。

妻には再び人形を作りたいという強い思いがある。ハードルがなかなか高いのは事実である。いまは、左腕を拘縮させないことに一生懸命だからだ。状況を改善するのに医療的にはいくつか手があるが、情報を集め、複数の医師の意見を聞いてクロスチェックしながら、ひとつひとつの治療法を吟味し、慎重にことを運ぼうと考えている。

現在のリハビリ学は進歩が著しい。これまでは、急性期から数ヶ月の回復期を経たら、そこで回復は終わりと見られていた。しかし、例えば、脳神経の切れた個所は、リハビリ次第では迂回路《うかいろ》を作る形で、新たな神経伝達の道を作り、できなかったことができるようになる可能性があることが分かった。

ただし、それは一週間単位でもあるいは一ヶ月単位でもないかもしれない。数ヶ月単位、あるいは数年単位でも、ゆっくりとではあるが、失った機能を取り戻す可能性があることが分かったのだ。

問題は、厚労省のいう「在宅中心」のいまの介護態勢で、この気の遠くなるような回復の時間を担保することが、行政の世界できちんと認識されていないことだ。行政の頭は旧態依然なので、介護実勢の方が進化しているとなると、行政が、費用対効果を最大の理由にして、障害を負った人間の回復を邪魔する懸念《けねん》が生まれてくる。この点は新たな事態に応じて柔軟に考える姿勢が必要であろう。

私は、静かに、自然にまかせながら、少しずつでも生活を取り戻すことができたら、それがベストだろうと思っている。「えいやあ」、とやった結果、気づいたら危険な事態を呼び込まないとも限らない。病の世界は、いったん間違った路地へ入り込むと、そこから抜け出すのは至難の業である。進んでしまった病態は元に戻せないし、打ってしまった注射液は体内から消すことはできない。ここ数年間、この事実を骨身に沁みて理解した私としては、二度と間違った路地に迷い込みたくない、と強く思っている。慎重な上にも慎重に、何度も何度も、次に取るべき措置をシミュレートして考え、セカンドオピニオンもサードオピニオンもフォースオピニオンも取りながら動くことで、「無事な日を続ける」ことを目標に生活している。

実はこの「無事にすごす」という言葉は、富山に住むある女性から送っていただいた絵手紙の文句なのである。この女性は、私がニュースＪＡＰＡＮのアンカーをしながら妻の介護をしていたころに、最初の手紙を下さった方で、ご自身が重い障害を身体に負われた方なのだが、そのお葉書に私が返事を書いたのがご縁で（私は必ず返事を書くことにしている）妻と直接葉書のやり取りをするようになり、それはきょうまで続いている。お目にかかったことはまだないのだが、これまで、何枚も心温まる絵手紙をいただいた。妻も一、二行の文章を書いて、私が補足を書いて、お葉書のやり取りをしている。

台所の、いまは私の介護の日々の指定席となったテーブルの前の壁にはその富山の女性から送られた「無事にすごせます様に」と墨で書かれた葉書が貼《は》ってある。「無事」の二文字が葉書に大きく書かれている。前にも書いたが、私は朝、白いワイシャツに着替えて「今日も一日頑張るぞ」と気合を入れているが、落ち込みそうな日は、さらにこの葉書を見て、目をつむって「本当に無事に過ごせますように」と祈る。本当にこれからも無事に過ごしていきたい。

四　私の闘い

私は、番組を離れざるを得なかった。その時の経緯にはまだ書けないこともあるけれど、その後の数年は、妻の介護の一環として、妻の病の正体の分析と医療と介護の両保険に絡む諸問題を無我夢中で勉強してきた。臨床医療関連の論文はもとより、闘病記から看護師の心得や装具工学に関する論文まで、読んだ本と論文は数知れない。

時を置いて、同じ論文を再度読む、ということもしている。最初は分からなかったことが、何度も同じ論文を読むことで、目が開くように分かることがある。このあたりは、取材記者がひとつのテーマを掘り下げる要領と同じである。

さらに、疑問点は医師や看護師、ケアマネジャーさんに詳しい説明を求めることもして、自分なりに整理し続けてきた。これまでは、国際問題と安全保障が私のテーマであったが、自然に「医療と介護」という新たな目線を獲得することになったと思う。

こうした中で、外の社会と結ばれた糸をいかに断ち切らずに維持し続けるかも私の大きな課題となった。自分に甘くならないように、と考えたのと、願掛けの意味もあって酒を断った。友人・知人との付き合いもほぼ無くなった。

正直言って、傘張りで糊口《ここう》をしのぐ浪人者のような気分がする時もある。ただ、医療と介護に現場で触れる中で学んだ経験を社会に返して行きたい、という思いの火は燃やし続けていこうと考えている。また、国際問題と安全保障についてもいまも介護の妨げにならない範囲で追い続けている。そうすることで、「取材勘」に少しでも磨きをかけたいと思っている。

講演なども、ここ数回は、妻をヘルパーさんに三、四時間程度託すことで、無理をせずにこなせる範囲でお引き受けしてきた（会社のＯＢの方に頼まれた講演会もあったし、新潮社さん経由で私にたどり着く方もおられた）。私がたいへんな状態にあるのを気にかけて、なかなか声がかけられませんでした、と言われたが、私の方は、これまで知らなかった介護団体の方々や、いまの医療や介護のキーパーソンと知り合うことができて、そこから新しい治療情報なども得られるのが収穫である。

講演の中で私は、日本の六五歳以上と以下の人口がほぼ五対五になると言われる二〇五〇年代を「日本国が壊滅的打撃を受けるX年」と位置付けていて、それを回避するためには、これからの一〇年がもっとも大切な期間になると考えていることをお話しする。

介護と医療の「安全保障の危機」がいまそこにあり、それを回避するためには、腰の定まらない政治家や、現場を自分で見ないで頭の中で制度設計をするような官僚にまかせきりにせずに、国民をあげて知恵を出し、取り組むことが大切だと信じる。

私も危機の回避に向けて積極的に旗を振っていきたいと思う。本来はメディアの人間であり、メディアの場で、社会に必要な制度設計の火を灯《とも》していきたいが、同時に妻の介護から中途半端《はんぱ》に手を引く訳にいかないため、とにかく情報の吸収を怠らずにいて、あとは運命《さだめ》に身をまかせるしかないと思っている。

ただ、「情報発信」に役立つ手だてはいろいろあるはず、と勝手に考えてもいる。

置き去りにしてしまった視聴者の方々にはいまもなんとかまたお目にかかれれば、と、その思いは変わらないが、ここ数年でメディア環境は大幅に変わったので、知恵の出し方で、ラジオやネットを巻き込んで、医療や介護の問題を広く訴えていく手立てに出来るのではないか、などという思いもある。要は、わが一家の戦いをこれまで黙って支えて下さった方々に、私のできる最良の手段で、お返しをしたいし、その気持ちが張りとなって自らを支えてくれてもいる。実現には、ゆっくりとひとつずつ石を積むしかなく、また、ゆっくりとつきあっていただくしか手がないのも事実ではあるが。

それにしても、超高齢化社会を前にしているというのに、その備えや覚悟が、街からは感じられない。

いま街に自転車があふれていることが問題になっているが、これはあと数年もすれば、車椅子《いす》があふれる街に変わるだろう。なのに、例えば、街中には、高齢者や障害者が車椅子で入れる店は少なく（そもそも入口の道路との段差が車椅子が入る邪魔をしている）、車いす用のトイレの数も圧倒的に足りない。介護者である私は、妻と外出する際は、まえもって移動先のトイレの状況をつぶさに調べたり、妻が入れるトイレの場所を線でつなぐようにしてルートを考えるが、そうすると活動範囲は大幅に狭まってしまいがちだ。

また、レストランや普通の店でも、今後は、店内にてすりをつけたり、段差を改修したりすることが必要ではないかと思う。行政は、地域のリハビリ療法士に対して、こうした環境の動線を確保する「特別補佐」の仕事を付与してはどうかと思う。店にお任せするのではなくて、プロの目が積極介入する仕組みが必要であろう。

買い物や通院の移動にタクシーを使うが、運転手の中には、車椅子を後部トランクに乗せるための畳み方を知らない人も多い。そもそも、車椅子の姿を見ると、途端に「回送」のランプを灯したり、目の前を気づかぬ振りをしてすっと通り過ぎ乗車拒否するタクシーに何度も出会ってきた。

実は私は、乗車拒否をされる度に、全力疾走してそのタクシーを追っかけている。障害を負った妻を侮辱されたと思うと、怒りで体が動いてしまう。アクセルを踏み込んで逃げ去って行くタクシーもあるが、信号で止まらざるを得なくて、そこをぜいぜい言いながら追いつくこともある。

「なぜ、一度は停車する意思を見せたのに、乗車拒否をするのですか。身障者を乗せるのがそんなにいやですか」と質《ただ》した時、ある運転手は、「済みません。私が悪いんです」とあっさり答えた。取材者意識が湧《わ》いてきていろいろ尋ねたのだが、その運転手は「私は七〇歳になるんです。会社からも今後も契約を継続するか、問われているのです。会社へ報告されれば、それで終わり、ということになるでしょう」と言う。私は弱者が弱者を追い詰めている気がしてきた。「報告はしません」と答えた私は付け足して言った。「乗車拒否をされる妻の気持ちを守ってやれるのは私しかいないのです。それを分かってください。あなたの会社の車には妻が通院でお世話になっています（地元の車であった）。それにはとても感謝しています。それに運転手さんは七〇歳。私の大先輩ではないですか。いまも頑張っておられるのに、道を閉ざすことは私にはできません。私は水に流します」そしてこう付け加えた。「ただ、どうか、これからは障害者を見て逃げ去ることはしないと約束してください。手を上げて、止めようとしたら、手を差し伸べて下さい。それだけをお願いします」

なぜ障害者をタクシーが乗せたがらないか、同じように話を聞く中で分かってきたことがある。ひとつに、障害者手帳によって、障害者は「障割」（障害者割引）で一〇％金額が安くなるが、運転手は一〇％を引いたレシートを証拠に保存して会社へ提出しないと一〇％分を補ってもらえない。この手間が面倒なので、障害者を敬遠するということになるようなのだが、これは行政上の手続きをもっと簡素化するよう求めて行くべきだろう。

また、運転手も高齢者が増えて、重たい車椅子を積むのがひと苦労だから、と乗車拒否する例も少なくないことも分かってきた。

確かに車椅子製造会社は、車に積むことを考えて車椅子を作っていないし、車の製造者は、一部のメーカーを除いて、車椅子を積むことを考えて車を作っていない。なぜ、この両者をつないで、超高齢化時代のタクシーを開発する動きを行政は取らないのだろう。そもそも車椅子の畳み方やトランクへの乗せ方を知らない運転手も多いがなぜ、この講習を国土交通省はタクシー会社に義務付けないのだろう。

あるスーパーの敷地内にタクシー乗り場があり、つけ待ちしていたタクシーに妻を乗せようと車椅子で近づいたら、車椅子を見るや、黙ってすっと走り去ろうとしたことがある。この場所では同じ目に二度あっていたので、スーパーに連絡して「車椅子の人が乗る場所」でもあることを看板などで表示してはいかがか、と訴えたが、「乗り場はお客様の便宜上設けたものですので」と、自分たちの管理責任を放棄したかのような答えであった。「近隣のタクシー会社には、乗車拒否をしないよう要請はします」と言ってくれたのがせめてもの慰めであったが、実行されたか確認はしていない。

ちなみに、車椅子はたんに椅子に車がついたもの、ではない。車椅子で足を乗せるフットレストの部分は、がっちりとした鉄枠で出来ているので、一種の凶器となる。

見た目には分からないが、人ごみで、特に脚に後ろから軽く接触しただけでも、その痛さは相当なものだ（私自身が、息子が押している車椅子の前を歩いていて、この目にあったことがある）。だから、街中では最大限に気を使って妻の車椅子を押すが、車椅子の「車幅感覚」を把握するのは難しい。

そうした中で、前をしゃべりながらだらだら歩く一団に「通して下さい」と声をかけても、知らないふりをされることがある。買い物最中に「危ないですよ」と声をかけても、ちらっと車椅子を見るだけで、よけようとか、車椅子から離れようとか、人間的な反応が返ってこない。露骨に不愉快そうな顔をする人もいる。障害者は人間ではない、と思っているのではないだろうか。学校で介助訓練をしたら、と書いたが、この中には車椅子の扱い方や車椅子で街中を移動する人たちへの協力の仕方を学ぶ項目も入れてほしい。

先日、エレベーター（車椅子の人が使うというマークがついている）の前で車椅子に乗った妻とエレベーターが来るのを待っていた。前には乳母車を押す、お母さんも二人並んでいた。人数が多いので、これだと車椅子の我々は、彼らと一緒に乗るのは難しいかもしれない。その時はもう一台待とう、などと考えていた。

その時、後ろから、六〇歳は過ぎていると思うが、二人の背広姿の男たちが大声で雑談をしながら歩いてきた。そこへ丁度エレベーターが到着したのだが、驚いたことに、男たちはエレベーターの扉が開くと、私たちを追い抜いて、さっさと箱に乗り込んだのだった。

「あれっ」と思うと同時に「ちょっと待ってください」と声が出ていた。「皆さんより前に女性や子供と車椅子の人間が待っているんです。なぜ、無視して乗り込まれるのですか」

ややばつの悪そうな表情を浮かべた二人だったが、動こうとしないので、私は「降りてください」と促すとお母さんたちに「さあ、乗って下さい」と声をかけた。

ひとりは「気づかなかっただけだから」とつぶやきながら、こそこそとエレベーターから降りた。もうひとりは憮然《ぶぜん》とした表情だった。

幸い、私も車椅子の妻も乗ることができたが、それで満員だった。扉が閉まる瞬間、憮然とした表情の男の方が私をにらむと「たかが車椅子風情《ふぜい》が……」と吐き捨てるように言うのが途中まで聞こえて、扉が閉まった。

後は聞こえなかったが、何と言ったのだろう、と考えた。障害者を健常者の生活の邪魔者と考えて意識の中で切り捨てているから、弱者がいても存在が目に入らないのだ。本来世の中の手本になるべき年齢の人間なのに、と情けなくも思った。

高齢化への町の備え、人の心構えがこんな体たらくでは、今後、高齢者や障害者はますます町に出づらくなり、高齢化する町の活気を維持していくのは難しい、と思う。

五　明日を信じて

あまり愉快ではない話が続いたので、ちょっと心が温かくなるような話をあと二つほど書いておきたい。

妻と息子と私は、先日、すべての非常事態の幕開けとなった、突然、倒れた妻を碑文谷病院まで救急車で運んでくださった救急隊の皆さんの元へ、お礼に伺った。地元の消防署が、記録を確認して、救急隊チームを割り出してくれた。妻を運んだ救急車が出動した消防署は、私の父が永眠するお寺の目と鼻の先にあった。

私たちは、お茶菓子を買って、のどかに晴れた空が広がる日に、車椅子に妻を乗せて、歩いて消防署を訪ねた。

受付で訪問の目的を言うと、しばらくして一人の男性が出て来られた。

ああ、この人だ、と思った。救急車の中で、あちこちの病院に、根気よく受け入れを求めて連絡を取ってくれた隊長さんであった。断られても断られても食い下がって病院を探し続けてくれたお陰で、いま妻は生きているのだと改めて思った。

「その節はありがとうございました」と頭を下げたその時、私の頭の中は一気に時を遡《さかのぼ》って、あの夕方に戻った。でも、いまは緊張ではなくて、静かな暖かさがあった。隊長さんは、「良かったですねえ。嬉《うれ》しいですねえ」と目を細めて喜んで下さった。

あの時、救急車の中で、妻の手をさすり、私に話しかけてくれた隊員の方と救急車を運転していた隊員の方は、すでに別の土地での任務に移っておられた。妻も「お世話になりました」と、車椅子の中で涙ぐみながら頭を下げてお礼を言った。

親子三人で、消防署を後にしながら私は思った。

医療の崩壊が指摘され、超高齢化の時代が押し寄せる中で、誇りを持って人命を救おうとする人たちがいる。看護の手で抱きしめようとする人たちがいる。介護の支えになろうとする人たちがいる。一人一人の人間の「命」と正面から真剣に向き合う彼らには頭が下がる思いである。

もうひとつ書いておきたい。

初台リハビリテーション病院でお世話になった皆さんのその後を知りたくて最近、三年ぶりに病院を訪ねたが、療法士の岩澤《いわさわ》さんとケアワーカーの福崎さんは、病院を去られていた。主治医の瀧澤《たきざわ》医師、OTの田村さん、PTの伊藤さんは、船橋の系列病院で活躍されているということだった。皆さんに改めて感謝したい思いでいっぱいだ。

ちなみに、三年余見ぬ間に、病院の周囲の環境は大きく変わっていた。大ちゃんと私が妻を見舞って介護する中で何度も食事をした病院前の小さなＹ食堂は閉店していた。病院内の配置も少し変わっていた。ただ、病院ロビーの小さな丸テーブルのひとつひとつにコスモスの一輪挿しの小さな花瓶が置かれているのは三年前のままで、病を負って心細い思いの患者や家族への細かい気配りの姿勢に揺らぎのないことを示しているようだった。人は変われども、「心」が受け継がれていくことで、咲く花は変わらないのだと、そう思った。

さて、先日、震災以降は、後任の看護師さんにバトンタッチしていた間宮看護師がピンチヒッターとして、久しぶりに妻の訪問看護に来られた。「元気してた？」と笑顔で入ってこられた間宮さんに、笑顔の妻は、「キョンキョンは元気だった？」と、まるで、親友のような歓迎ぶりである。そのキョンキョンは、バイタルを取りつつ、さりげなく妻と雑談をしながら、痛いところやかゆいところがないかを静かに確認し、妻の体調を細かく把握していた。妻の病室から台所の机に戻る私にも声がかかった。

「パパさんも、元気でしたか」

「ありがとう。まあまあです」

「また、心配ばかりしてたんじゃないの」

「いやあ、まあ……」と私はもごもご言いながら笑顔になった。

そのあと、隣りの部屋からは、夫がいつも細かいの……という妻の愚痴に、間宮看護師が「そうね。細かいからね」と笑って、そのあとこうつけ足す声が聞こえた。

「でもね、お母さんが元気なのは、六割はパパさんのおかげかもよ。いや、八割かなあ……」

私は、正直に白状するが、それを聞いて、学校で先生にほめられた生徒のような誇らしい気持ちであった。

妻を救う息子と私の戦いはいまも続いている。突然、「妻」「母」という存在が倒れた後は、それまでのそれなりに上がり下がりのあった人生の道が平坦《へいたん》に思える程、落とし穴やぬかるみの続く道となった。これからも一日一日、油断することなく、妻の無事を慎重に確認しながら、妻が自らの人生を取り戻し、私たち家族が生き直す力を得ることができれば、と思う。

私の好きな聖書の詩編の一節にこんなくだりがある。

ひたいに汗して糧《かて》を受け、
恵みと平和に満たされる。
実り豊かなぶどうの木のように、
妻は家庭をうるおす。
オリーブの若木のように、
子どもたちは食卓を囲む。
（詩編128＝カトリック教会の典礼委員会の訳より）

こんな静かな思いを取り戻せる日が来ることを心から祈っている。天の配剤を信じて、真剣に、慎重に、一日いちにちを踏みしめながら歩いていきたい。「突然、妻が倒れた」小さな一家に、いま一度少しでも道が開けることを信じながら。

あとがき

あとがきを書くにあたって、私はまず、単行本にも書いたひとつの不思議な体験に触れたいと思う。

最初に入院した妻は、碑文谷《ひもんや》病院で、脳のリハビリの一環として毎日ノートに何か書くように指導された妻は、ある日、女性の顔の絵を描いた。鉛筆書きのその顔は、高次脳機能障害のために歪《ゆが》んではいたが、妻本人を思わせるような女性の顔の絵だった。

その絵を見た時に、私は数年前に父が脳梗塞《のうこうそく》を患《わずら》ったあと、同じようにリハビリの一環として文字や絵を描くように指導された際に、そっくりな絵を描いたことを思い出した。考えれば考える程、父が同じ絵を描いたことがあるという思いは強くなった。

そのあと私は、その、自分が見たはずの父の絵をあちこち探したのだったが、不思議なことに、絵はどこにも見当たらなかった。

見たことがあると思ったのは、まったくの勘違いなのだろうか。それにしては、その記憶は妙な生々しさを持っている。ひょっとしたら、父の看病をしている時に、妻が未来に描くはずの絵をひと足先に見たデジャビュ（既視感）がなせるわざであるのかもしれない。

この不思議な出来事は別にしても、妻の看病中、私はしばしば亡《な》き父の闘病生活を思い起こしている。妻の苦境にどう立ち向かうか、いかに妻の手となり足となるか、役に立つ選択肢がいろいろ浮かび上がってくる。父の導きがある、そんな気がしている。

厚労省はいま「在宅医療・介護」に舵《かじ》を切り始めているが、その「戦場」に一足先に放り込まれた格好のわが家の三人は、乏しい兵站《へいたん》やぎりぎりに削り込まれた補給物資しかないこの「戦場」で毎日を戦い続けている。そんな介護者を支えているのは、実は、現場で活動する人たちの「心意気」に他ならないのだと知った。

二〇一二年の春には、介護保険と医療保険の同時見直しが行われた。在宅介護の単位時間が六〇分から四五分に削られたが、実施の数週間前になって初めて現場はこの事実を知った。六〇分でなくても四五分でできるだろう、という傲慢《ごうまん》な厚労省の改悪ではないか、との声が上がった。「垂れ流して臭《にお》う部屋の掃除の時間も無くなりました。振り切るように帰ります」というヘルパーさんの自嘲《じちょう》気味の声を聞いた。

また、デイサービスの時間が一時間延びたが、帰宅時間が遅くなることで、ヘルパーさんが被介護者を待って一時間遅く夕方のヘルプに入るのに伴い、仕事の終わる時間も一時間遅くなることになり、自分の家庭がある主婦ヘルパーの中には、依頼を断る人も出た。ヘルパーさんの収入も減り、介護事務所の収入も減り、被介護者とその介護者の負担が増した。二四時間看護の需要を狙《ねら》って、看護ステーションが一時、増えたが、あまりの訪問看護の重労働ぶりに、訪問看護師が病院に逃げ戻り、わずか数ヶ月でつぶれる看護ステーションがあちらこちらで出ていると聞いた。

また、妻のように、急性期と回復期を経て、維持期（「生活期」と呼ぶ人もいる）と呼ばれる生活をしながらのリハビリがほとんどの人に必要になるが、このリハビリは、現在は、少しでも回復の見込みがある対象は「医療保険」でリハビリが受けられる。それが、来年の春からは「医療保険」のリハビリを廃止して、「介護保険の枠内」に移すことが考えられている。これは一見合理的なようだが、まずもって医者の手を離さない方が良い患者も少なくない。医師の診察や助言を伴う「医療行為」が絡《から》むことは医療保険で、というこれまでの流れの方が自然である。さらに、医療保険のリハビリ分を介護保険に組み込むことは、介護保険でできなくなることが増えることを意味する。総量（使えるお金の総額）を変えずに中身を増やすことで、必要であるにも拘《かかわ》らず、はみ出すものが出て来る。なるべく関係者に気付かれないように費用の総額を減らそう、という狙いがあるとしか思えない。ゴールポストを黙って後ろにずらすようなやり方であり、私には人間として正しい行為とは思えない。

机上の空論だけでは日本の超高齢化の波を救うことはできない。現場の声を聞くことが必要だ。現場からの知恵の吸い上げも必要だ。

介護の現場を見て、声を聞いて、触って、感じて、寄り添うことが、厚労省や地域介護を担《にな》う役所の一番大事な職務ではないのか。高齢者や障害を負った人々はそのほとんど皆が誠実に生きてきた人たちなのだ。彼らは誠実であるのに、なお、障害や老いから生まれる悲しみを負った。そのことになんの罪があろうか。それを思って、力ある人たちが、懸命に手を差し伸べるのは当然のことではないか。「自助」か「援助」かという二元論的な議論は頭でっかちな議論であり、人間に向き合っていない。金があるとかないとか、そこから社会保障に枠を作るという考え方からもいいかげんに脱却してはどうか。

いま日本には、これまでとは根本的に違う視点が必要だ。誠実に生きる人に誠意で寄り添うにはどうしたらよいか、それを考え抜くところから「介護」は始まるのだと思う。

ともかくも、私たち一家三人が、きょうまで頑張ってこられているのは、そしてこの先も頑張っていこうと思っているのは、まるで奇跡のように、たくさんの人が日々妻を支えて下さっているからに他ならない。

妻にいまなお関わってくださっているお医者さん、看護師さん、現在のケアマネジャーの柳谷由美さん、ヘルパーさんたち、療法士の皆さん、病院スタッフの皆さん、一人一人お名前は挙げないが、この方たちに深く感謝したい。また、苦しい私の状況をしっかり受け止めてくれて、貴重なアドバイスをいまも下さっている会社の先輩や、迷惑をかけたままの同僚の皆さん、妻や私の日本やアメリカに住む大事な友人たち、息子の成長を支えて下さっている学校の先生や親戚《しんせき》の叔父さん夫婦、高齢の母や弟夫婦にも心から感謝を捧《ささ》げたいと思う。プライバシーの観点からこの場に挙げられない方たちもいるが、皆さんのおかげで、本当になんとか、いま、ここまでやってこられたと、そう思うばかりであり、この場を借りてお礼を申し上げたい。今後も助けてください。

さて、この文庫版に落合恵子さんが解説を書いて下さる、と聞いて、妻も私もとにかく嬉《うれ》しくてならなかった。幼いころの息子を連れて、妻と私は、月に一回は、東京・原宿にある本の店「クレヨンハウス」を訪ねては、古今東西の素敵な絵本や、童話の山を前にしばし時間を忘れ、息子が読む本と、それから自分が読む本を選び出す至福のひと時をすごしたものだった。その、わが家のお気に入りの場所の偉大なる主宰者であり、実は介護の社会性を世の中に打ち出した最初の人でもある作家の落合恵子さんが、妻と息子と私の戦いに心を寄せて下さるのは、天からの嬉しい贈り物のような気がしている。

さらに、この『突然、妻が倒れたら』の単行本を最初に世に出す力となって下さり、その後も、お忙しい中でフォローをしてくださっている新潮社の笠井麻衣さんと今回の文庫化で新たな本を出すがごとくご苦労いただいた同社の草生亜紀子さんにも感謝をしたい。また、オシム監督の記述に関連して、エージェントである株式会社「アスリートプラス」の大野祐介氏にご尽力いただいた。

最近、妻は右手で絵手紙を描くのを楽しんでいる。左右の空間的広がりが出せるようになってきたのをうれしく思う。その中の自信作の一枚をこの後に載せた。二羽の雀《すずめ》を描いた絵で、「飛べたらなあ――小鳥みたいに…。」と文を添えている。本人の思いが痛いほど伝わってくる。病院を三ヶ所もかわり、生きることを毎日突き詰める状況になりながらも、勇敢にそしてユーモアを失わずに立ち向かい、いまもなお「大ちゃんを守ってね」と言い続けている妻と、大ちゃんを守るどころか、実は、ダメ親父《おやじ》をしっかりと見守り、時に相談相手となってもくれ、時に叱咤《しった》激励してもくれながら、私を支え続けてくれている息子にも、心から「ありがとう」を言って、筆を置きたいと思う。

二〇一三年三月　春の訪れを感じる、穏やかな晴れた日に

松本　方哉

妻の故郷である熊本を訪れたときに熊本城の前で。

アメリカから連れ帰った愛犬ホリーと妻。円内はシェリー。

妻が作ったビスクドール

フレンチドール。一体作るのに4ヶ月かかる。

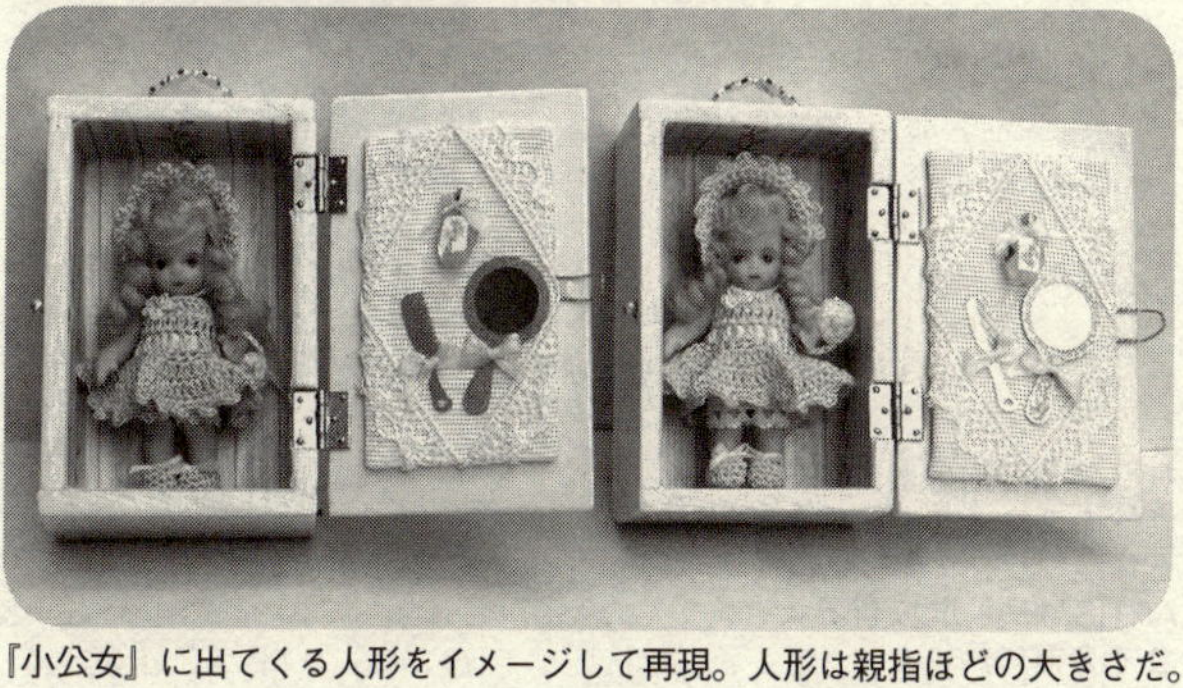

『小公女』に出てくる人形をイメージして再現。人形は親指ほどの大きさだ。

飛鳥時代の花嫁衣裳を着たお姫様。1993年、DOLL ARTISAN GUILDの世界大会で、日本人として初めて、最優秀賞・ミリー賞をはじめ3冠を獲得した作品。

100年ほど前の散歩中の女性のスタイルを再現した作品。1994年、DOLL ARTISAN GUILD世界大会で2冠に輝いた。

作った人形を撮影して年賀状にすることも。

小さな装飾品まですべて手作りする。

2011年2月、リハビリの時間に妻が描いた絵手紙。

松本方哉さんへ、大ちゃんへ、そうして、おつれあいに

落合恵子

松本方哉さん。

冬から春へと、新しい季節が巡ってきました。わが家でも地植えの水仙が小筆の先ほどの蕾《つぼみ》をつけています。朝一番のわたしの仕事は、春の花々の間を小走りに回っての、水やりです。そう書いて、松本さん。「小走り」に「歩を進めること」は、くも膜下出血とそれに続く日々の中で、今現在はご無理であるおつれあいのことを思います。

健康に過ごしてきたものにとって、それがどれほど辛《つら》いことか。想像するだけで息苦しくなります。息苦しいという表現さえ、どこか虚《うつ》ろに思えますが。

こんな季節の変わり目は、介護していた母の体温と室温の差に、慌ててかぶるものを一枚増やしたり、寝間着を変えたり、浴室の温度と室温の差に神経質になったりし

たことを思い出します。

毎日が、毎時間が、毎分毎秒さえがジェットコースターの日々でした。朝のほっ、という安堵《あんど》が、一時間後には、救急車の手配になっているのですから。

おつれあいと違って、母の場合はパーキンソン病が原因のひとつとなり、ある時から急速に他の誰かの介助なしでは暮らしのすべてが立ち行かなくなりました。自分で立つことも歩くこともできなくなり、娘のわたしを「おかあさん」と呼んだ母です。

やがては言葉も失い、家の中でも車椅子《いす》を使うことを余儀なくされた母でした。それでも母の発症は70代に入ってからです。

おつれあいの発症はあまりにも、あまりにも早過ぎました。

ご著書を読み返すたび、あの日、あの時の母とわたしが甦り《よみがえ》、ページは開いたまま上を向き、何度目を閉じたことでしょう。上を向いたのは、涙を堰《せ》き止めるためです。

＊

メディアの中枢でお仕事をされ、確かなキャリアを積んでこられた松本さんが、世界情勢が目まぐるしく変化する現在、さらに東日本大震災という未曾有《みぞう》の自然災害や福島第一原発の人災としか言えないような苛酷《かこく》事故、それ以降の日々の中で、番組を離れておられること……。

形は違っても表現活動をしているひとりとして、「その場」を自ら去ったことの無念さと視聴者への後ろめたさは、理解できるつもりです。

自宅で母の介護をしたおよそ7年の間、介護と仕事のバランスはいつも大きなテーマでした。わたし自身の24時間すべてを母の介護に充《あ》てたいという熱望と、それをしてしまったら、わたしは内側から壊れてしまうのではないかという不安。そして、少しでも潤沢な介護状況を整えるためには経済活動をしなければならないという現実。さらに、この崖《がけ》っぷちで、介護のキイパーソンであるわたしが倒れてしまったら、すべてが終わるという恐怖感等々。

母のベッドの横にセットした、昼間は在宅看護の看護師さんやヘルパーさんがソファとして使う簡易ベッドに夜は腹這《はらば》いになって、母の寝息を確かめながら、眠らなくてはと焦《あせ》りながらも、夜が朝に変わっていく時間をどれほど体験したことでしょう。

明日が見えないのですね。誰にとっても明日は本来、見えないものであるにもかかわらず、介護の現実は見えない明日へ弾みをつけるための、ささやかな予定をも奪っていくものでした。

明日、わたしたちはどこにいるのだろう。どこに向かっているのだろう。今日の続きで、この部屋にいるのか。それとも緊急入院となって病院に逆戻りなのか……。

介護と仕事の両立は、巷間《こうかん》言われているほど容易ではなかったことも、本書を繰り返し拝読しながら思い出されます。

それでもいま、完ぺきからは程遠いものでしたが、母の介護のおおかたを自分でできてよかった、と心から考えてるわたしがいます。

娘のわたしが望み、そうとは言葉にしなかったけれどたぶん母自身も望んでいた状況をまがりなりにも7年近く続けられたこと、それを支えてくれた多くのかたがたに、深謝しています。

あの日々があったから、今日、ここにわたしはいられる、と。そして、人権やいのちを底流に、表現活動を続けていられるのだ、と。

84歳の母を見送って6度目の春がやってきます。何度となく、「もう、なにがあっても不思議ではありません」と総合病院の医師に引導を渡されながら、そのたびに母は甦りました。

ひとのいのちや生命力は、医学上の数値や数字ではカバーしきれないほどの、不思議さと深さを有するものだと母を通して、わたしは教えられました。

救急車を受け入れることのできない医療行政についても、介護保険の致命的な不備についても、本書の中で松本さんが言及されていることと全く同じことをわたしも体験し、考えてきました。

＊

それでも碑文谷《ひもんや》病院に辿《たど》りつかれたことを、心から「祝福」したいと考えています。あれほど切羽詰まった状況の中で、迅速かつ的確な手術体制が整えられたあの病院。術後においても極めて丁寧で適切なフォローがあった病院に辿りつくことができたことを「幸運」と呼ぶ、そんな社会に、わたしたちは暮らしています。

医療行政は、救急車で運ばれるいのちに対して鈍感過ぎます。受け入れを断った病院（どことどこなのか、なんとなく想像がつきますが）もまた、医療行政にがんじがらめにされているのでしょう。

ひとのいのちが偶然で決定されてしまうことに、震えるような憤《いきどお》りを覚えます。

ジャーナリストの松本さんから見れば、そしてささやかな表現活動を続けているわたしからすれば、それらは、「わが家の場合」だけに留めおいていいテーマではなく、「いのち」から、この国に問い直さなければならない大きなテーマであるのだと考えます。

この原稿を書いているいまも、外から救急車のサイレンの音が風に乗って聞こえてきます。どうかどうか、スムーズにどこかの救急外来に到着できますように。渋滞した道路を救急車がとどこおりなく通れるように、他の車が、即、協力しますように。その前に、受け入れてくれる、人的にも整った病院がすぐに見つかりますように、と祈るような思いに駆られます。

本書にも記されているように、街で救急車を見かけたときの対応が、違ってくるのですよね、愛するひとが救急車に乗ったことがあるものにとっては。

わたしは考えます。体験が意味あるものになるためには、体験から何を引き出し、自ら何を引き受けたかにあるのではないでしょうか。松本さん。わたしたちはそういう「体験」をしたのですよね。「体験」を丸ごと引き受けて、少しでも社会を拓《ひら》いていきましょう。

*

大ちゃんと「ちゃん」付けがもう似合わないほど成長された、ご子息。

たぶんたぶん、父である松本さんご自身にも打ち明けることなく、しっかりと蓋《ふた》をした感情の揺れを心の奥底に凍結させたまま、大きくなられたのだと思います。

見ず知らずのわたしが「大ちゃん」と呼びかけることは、呼ばれた彼も戸惑うでしょうが、敢《あ》えて……。

大ちゃん。ありがとうございます。あなたの存在がどれほど、お母さまと、お父さまの支えになったことか。あなたがおられたから、お母さまは辛過ぎる日々を乗り越え、リハビリに音をあげることもなく、今日まで来られたのです。そして、お父さまにとっても、あなたの存在がどれほど心強く、頼りになったことでしょう。それは過去形ではなく、現在進行形の紛れもない事実です。

あなたご自身、言葉にできない、してはいけないとご自分と約束した苦しさや葛藤《かっとう》を数多く抱えてこられたことでしょう。

お母さまが最初に倒れたとき、救急車の中でどんなに心細く、不安だったか。手術を終えて集中治療室にいるお母さまをどんな気持ちで見つめていたか。そして、その後も。

いまは、思春期と大人が呼ぶデリケートな季節の中にあなたはいます。

だから刺激的な言葉はできるだけ避けたいと思いますが……。

どうか、たまには甘えてください。

お父さまに、そしてお母さまにも。言葉にしたからといって、すべてが解決するわけではありませんが、それでも言葉にして、時に甘えることで、少しだけ軽くなるかもしれない人生の「場面」もあるのです。

大ちゃん。本当にありがとう。

そうして、おつれあいにお伝えしたいことは、ただひとつです。

妻であり母であり、そしてビスクドールのアーティストであったあなた。

第三者がどんな言葉で表現したところで、あなたが今日に至るまで出会ってきた苦悩を苛立《いらだ》ちを、焦燥を、無念さを余すことなく代弁することは不可能に近いと思えます。

その上で、お伝えしたいことはひとつです。

生の言葉でごめんなさい。

「生きていてくださって、ありがとうございます」。

いまわたしは心から頷《うなず》けます。7年の間、母を介護してきたつもりでしたが、介護していたつもりの母の存在に、むしろわたしがケアされ、励まされてきたのだ、と。

どんな状況であっても、どんな状態であっても、そこに存在するだけで、かけがえのない人々に今日を明日に繋《つな》ぐチカラを贈ることができるひとがいます。

あなたこそ、松本さんご一家にとって、そういう存在なのです。

ご一家で遊びに来てくださったというクレヨンハウスは、当時と同じ場所で同じように店を開いています。いつか、ご一家で遊びにいらっしゃってください。その日をわたしはお待ちしています。

＊

そうして、松本方哉さんへ再び。

どうか、書き続けてください。母を介護していた日々、わたしは新聞の連載で介護の状況を書いてきました。時々疲れきって、お断りしようと思ったこともあります。が、連載当初も単行本になってからも、多くの読者のかたがたから寄せられた手紙やファックス、メールが、時に萎《な》えそうになるわたし自身を支えてくれました。

高次脳機能障がいに苦しむ人々、そのご家族にとっても、本書は資料としてもガイドブックとしても、問題提起の本としてもこの上なく有用です。そして、多くの読者は、「今後の松本さん」ご一家についても、詳しいレポートや情報を欲しているはずです。

同時に書くことで、ともすると一方に大きく振られがちな心の振り子を、元に戻すことが可能なこともあります。

わたしたち読者は待っています。いつまでも。

母を介護していた頃、最も恐れていたことは、わたし自身が倒れることでした。

どうか、ご自愛ください。

そうして、医療や介護を「拓く」活動をご一緒にさせてください。

……人生は、けっして後戻りのできない長い一本道を、ただひたすら歩き続けるしかないのだ……というフレーズから始まる本書が、介護をされている側としている側(役割は必ずしもフィックスされてはいませんが)におられる多くの人々の、ほのかな、けれど確かな水先案内の明かり、さらなるセント・エルモス・ファイアーになることを願って、ペンを置きます。

(二〇一三年二月、作家、エッセイスト)

この作品は二〇〇九年十月新潮社より刊行された
単行本に加筆を行った。

突《とつ》然《ぜん》、妻《つま》が倒《たお》れたら

新潮文庫　ま－40－1

平成二十五年四月一日発行

著者　松《まつ》本《もと》方《まさ》哉《や》

発行者　佐藤隆信

発行所　株式会社新潮社

郵便番号　一六二―八七一一
東京都新宿区矢来町七一
電話　編集部(〇三)三二六六―五四四〇
　　　読者係(〇三)三二六六―五一一一
http://www.shinchosha.co.jp

価格はカバーに表示してあります。

乱丁・落丁本は、ご面倒ですが小社読者係宛ご送付ください。送料小社負担にてお取替えいたします。

印刷・株式会社光邦　製本・株式会社植木製本所

ISBN978-4-10-138591-4 C0195